CB036482

Este livro pertence a:

....

Histórias bíblicas de cinco minutos

Recontado por Vic Parker

Dados Internacionais de Catalogação na Publicação (CIP)
Angélica Ilacqua CRB-8/7057

Histórias bíblicas de cinco minutos / organização de Vic Parker ; ilustrações de Julia Seal...[et al] ; tradução de Bia Nunes de Sousa...[et al]. – Barueri, SP : Girassol, 2019.
384 p. : il., color.

ISBN 978-85-394-2442-9
Título original: Five-minute Bible stories

1. Histórias bíblicas - Literatura infantojuvenil I. Parker, Victoria II. Seal, Julia III. Sousa, Bia Nunes de

19-1603 CDD 220.9505

Texto: Vic Parker
Consultoria: Janet Dyson
Reprografia: Stephan Davis, Callum Ratcliffe-Bingham, Liberty Newton

Publicado no Brasil por
Girassol Brasil Edições Eireli
Al. Madeira, 162 – 17° andar – Sala 1702
Alphaville – Barueri – SP – 06454-010
leitor@girassolbrasil.com.br
www.girassolbrasil.com.br

Diretora editorial: Karine Gonçalves Pansa
Coordenadora editorial: Carolina Cespedes
Assistente editorial: Talita Wakasugui
Revisão: Monica Fleischer Alves
Tradução: Bia Nunes de Sousa, Dorothea Piratininga, Fernanda Marão, Flávia Piva e Michelle Neris da Silva

AGRADECIMENTOS

Os editores gostariam de agradecer aos seguintes artistas que colaboraram para este livro:

Capa: Julia Seal (Advocate Art)

Miolo: Katriona Chapman, Dan Crisp, Giuliano Ferri, Mélanie Florian (The Bright Agency); Andy Catling, Alida Massari, Martina Peluso (Advocate Art); Aurélie Blanz

Impresso na China

SUMÁRIO

Antigo Testamento é o nome da primeira parte da Bíblia, composta de 39 livros escritos há mais de dois mil anos. Eles foram reunidos pelo povo judeu que vivia no Oriente Médio (onde hoje está parte de Israel, a Palestina, o Líbano, a Síria, a Jordânia e o Egito). Os livros descrevem o relacionamento especial que os judeus mantiveram com Deus por centenas de anos desde a criação do mundo. Os judeus tomaram muito cuidado ao fazer cópias dos manuscritos originais, por isso os escritos do Antigo Testamento nunca se perderam. Eles contêm árvores genealógicas, leis religiosas, poesias, hinos e histórias que narram o que aconteceu com centenas de personagens.

Novo Testamento é o nome dado à segunda parte da Bíblia, composta de 27 livros. Ele descreve o nascimento, a vida e a morte de um homem chamado Jesus, seus ensinamentos sobre Deus e seus seguidores. Jesus viveu há dois mil anos no Oriente Médio. Naquela época, os romanos controlavam as terras da região e o povo judeu que lá vivia estava insatisfeito com a situação. Todos aguardavam a vinda do Salvador - o Messias -, que fundaria um grande Reino. O Novo Testamento foi escrito por seus seguidores durante os cem anos após a morte de Jesus. Eles acreditavam que Jesus era o esperado Messias.

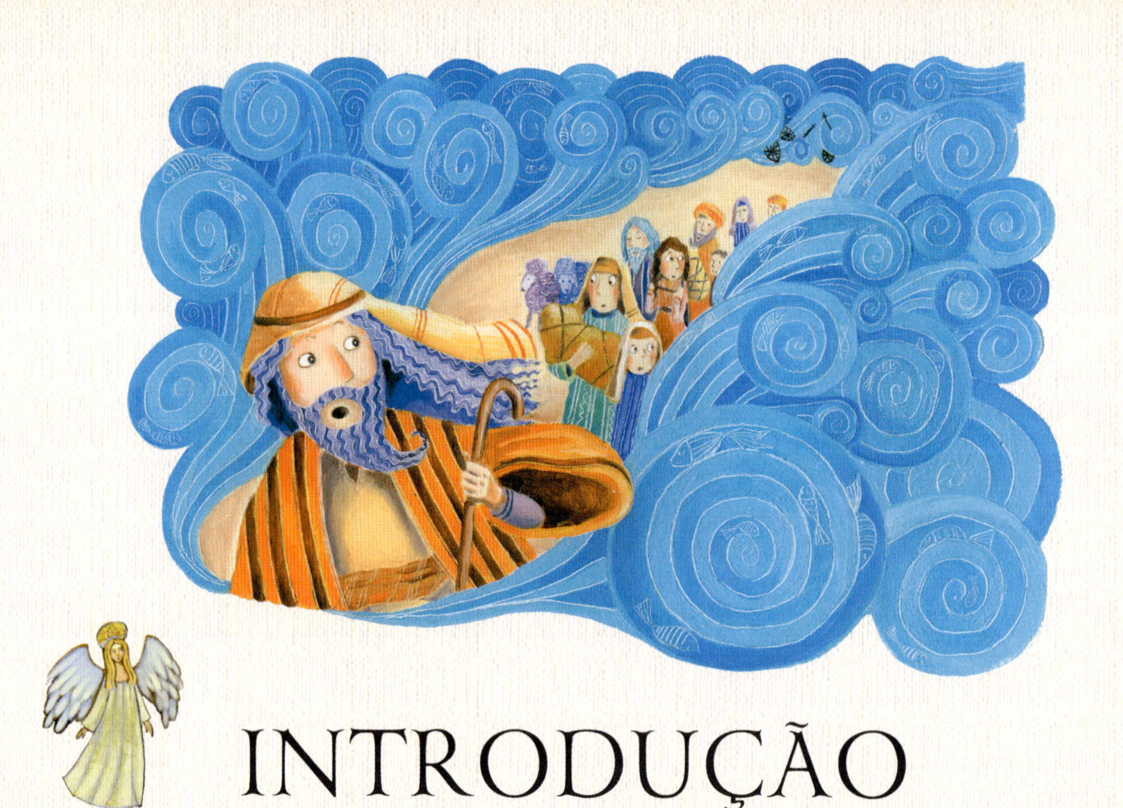

INTRODUÇÃO

Muitas vezes a Bíblia é descrita como o livro mais vendido do mundo, mas na realidade ela vale por uma biblioteca inteira. É composta de 66 livros distintos, divididos em duas partes conhecidas como Antigo Testamento e Novo Testamento. Inúmeros leitores ao redor do mundo acreditam que a Bíblia é a palavra de Deus. Ela foi escrita por muitas pessoas durante mais de cem anos, mais ou menos a partir do ano de 1450. Escrita originalmente em hebraico, aramaico e grego, a Bíblia já foi traduzida para os mais diversos idiomas.

Os vários livros contêm informações históricas detalhadas, leis e provérbios antigos, canções, poesias, diários e cartas pessoais, aventuras emocionantes de heróis e heroínas e histórias maravilhosas de milagres e mistérios. Esses escritos nos falam sobre Deus ao mesmo tempo que divertem e encantam. Muitos personagens inspiradores e suas narrativas fascinantes se tornaram as histórias favoritas de milhões de crianças. Ao recontá-las aqui, esperamos que se transformem nas suas prediletas também.

Categorias de histórias

As histórias estão divididas em seis categorias diferentes, ou grupos. Cada grupo é representado por um ícone, ou símbolo, que pode ser encontrado no alto das páginas. Por exemplo, para ler as histórias da categoria Mistérios e Maravilhas, basta procurar as páginas com o ícone do sol.

 **Mistérios e Maravilhas**

 **Famílias e Amigos**

 **Pecados e Salvação**

 **O Caminho de Deus**

 **Vozes e Visões**

 **Heróis e Vilões**

O ANTIGO TESTAMENTO

A criação do mundo

No princípio, Deus vivia na escuridão. Não havia nada, a não ser um oceano que devastava uma imensa porção de terra. Então, Deus teve uma ideia.

– Que haja luz! – disse Ele.

E misteriosamente fez-se a luz. Deus gostou daquele brilho. Ele o apreciou por

algum tempo e então chamou a escuridão novamente.

Assim, surgiram o primeiro dia e a primeira noite. Enquanto iluminava o segundo dia, Deus teve outra ideia.

– Quero um firmamento que proteja tudo o que esteja abaixo dele, e que seja imenso! – disse. E de repente o firmamento surgiu. Deus, então, separou o oceano, apanhou uma porção de água e a despejou acima do firmamento. Lindos desenhos lá se formaram. Deus deu a ele um nome muito especial: céu.

Ao olhar a água fervente e borbulhante abaixo do céu, Deus ordenou:

– Ajunte-se num só lugar para que apareça a parte seca.

E assim foi feito. A parte seca surgiu, ficando a água à sua volta. Muito feliz, Deus decidiu chamá-las terra e mar. Ele, porém, achou a terra muito vazia.

Então, criou plantas, flores, arbustos e árvores. Antes que o terceiro dia terminasse, ela estava coberta pela vegetação.

No quarto dia, Deus enfeitou o céu com uma luz intensa e quente chamada Sol, outra, fria, chamada Lua, e milhares de estrelas cintilantes. Ele as organizou de forma que se movessem em torno de si mesmas para marcar a passagem dos dias, das noites, das estações e dos anos.

A seguir, Deus observou sua criação e desejou que fosse habitada. Ele passou o quinto dia inventando seres que flutuavam,

nadavam e mergulhavam na água, e outros que voavam, movendo-se no ar.

De repente, o mar encheu-se de peixes e criaturas marinhas, e o ar, de pássaros e insetos.

No sexto dia, Deus criou seres que galopavam, pulavam e rastejavam. Criaturas com peles, escamas e cascos e outras com garras, patas e chifres. Criaturas que latiam, cantavam, uivavam e grunhiam. E, de repente, a terra foi habitada por todos os tipos de animais.

Por fim, Deus pegou um punhado de terra e modelou um ser à sua imagem e semelhança. Ele soprou em seu nariz, transformando-o em ser vivo. E assim foi criado o primeiro homem, Adão.

Mas o Senhor logo percebeu que Adão estava sozinho, então o fez entrar em um sono profundo enquanto criava sua companheira.

Tirou delicadamente uma de suas costelas, transformando-a em outra figura semelhante, a primeira mulher: Eva. Finalmente, após dar vida a Eva, Deus despertou Adão e os apresentou um ao outro. Ele os observava com satisfação. Estava tão emocionado com sua criação que os encarregou de cuidar de todos os outros seres vivos. Ele havia conseguido! Até plantou um lindo jardim especialmente para Adão e Eva, num lugar chamado Éden.

No último dia, Deus sentou-se e observou o mundo que havia criado.

Ele havia usado cada cor, forma e textura, cada som que conseguira imaginar.

Estava muito feliz e passou o sétimo dia descansando. Deus ordenou que, dali em diante, todo sétimo dia seria de descanso em homenagem a seu grande trabalho!

E, assim, o mundo foi criado.

Gênesis, capítulos 1, 2

Adão e Eva no Jardim do Éden

Deus certificou-se de que o Jardim do Éden tivesse tudo de que Adão e Eva precisavam. O Sol os aquecia, por isso não precisavam de roupas. Eles não tinham vergonha de andar nus. Um rio fornecia-lhes água. Todos os tipos de flores, plantas e árvores cresciam ali, perfumadas e frondosas, dando-lhes frutas saborosas, nozes e sementes. No meio do jardim, cresciam duas belas árvores: a Árvore da Vida e a Árvore do Conhecimento.

– Cuidem bem do meu belo jardim – disse Deus a Adão e Eva. – Comam de tudo, mas não comam dos frutos da Árvore do Conhecimento. Se os comerem, vocês morrerão.

Adão e Eva fizeram o que foi dito, e sua vida no jardim foi maravilhosa até o dia em que Eva encontrou uma cobra. Era a criatura mais esperta de todas as que Deus havia criado. Bem astuta, a cobra perguntou a Eva:

– É verdade que Deus mandou vocês não comerem de uma das árvores do jardim?

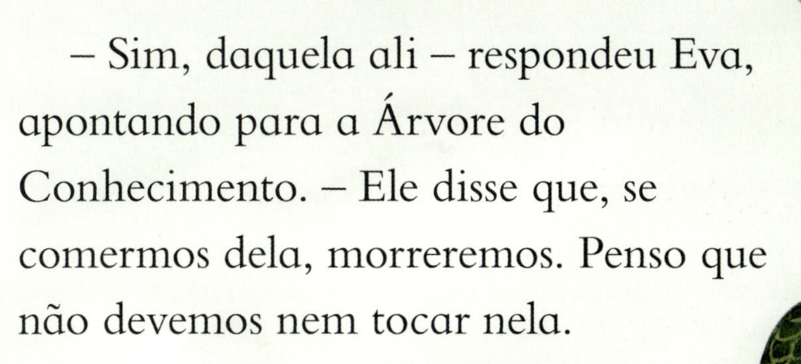

– Sim, daquela ali – respondeu Eva, apontando para a Árvore do Conhecimento. – Ele disse que, se comermos dela, morreremos. Penso que não devemos nem tocar nela.

– Que bobagem! – sibilou a cobra. – Vocês não morrerão! Deus não quer que vocês comam o fruto daquela árvore porque, se o comerem, serão como Ele. Vocês saberão a diferença entre o bem e o mal, assim como Deus sabe.

Eva olhou fixamente para a Árvore do Conhecimento. Como ela era bonita! Suas folhas sussurravam misteriosamente com a brisa e seus ramos se estendiam até onde estava Eva. A árvore estava carregada, seus frutos estavam maduros e prontos para cair em suas mãos.

– Como seria maravilhoso tornar-me sábia! – ela murmurou.

Ardente de vontade, ela pegou o fruto mais próximo e deu uma grande e suculenta mordida. Era uma delícia! Com certeza, algo tão bom não poderia fazer mal.

Eva correu para dividir o fruto com Adão, que também não resistiu a seu desejo.

De repente, os dois perceberam que sabiam a diferença entre o bem e o mal. E o que fizeram tinha sido completamente errado. Adão e Eva se sentiram muito envergonhados por estarem nus. Costuraram, então, folhas para cobrir o

corpo. Terrificados, ouviram Deus chegar. Esconderam-se, mas Deus sabia de tudo!

– Adão – Deus chamou –, por que você e Eva estão se escondendo de mim?

Vermelhos de vergonha, ambos se apresentaram, erguendo a cabeça.

– Ficamos com medo quando o ouvimos chegar, Senhor, e, além disso, estamos despidos – gaguejou Adão.

– Para que precisam de roupas? E por que estão com medo de mim? Por acaso, comeram do fruto que eu pedi para não comerem?

Adão confirmou, mas culpou Eva, que por sua vez culpou a cobra. Deus os ouviu. Então, com grande desapontamento, disse:

– Eu não tenho outra escolha a não ser punir todos vocês.

Então, Ele ordenou que a cobra se arrastasse pelo chão e fosse inimiga dos seres humanos para sempre. Depois, criou roupas de pele de animais para Adão e Eva e os expulsou do Jardim do Éden.

– De agora em diante, vocês terão de se sustentar e trabalhar pesado para que sua terra produza alimentos. E, um dia, vocês voltarão à terra, ou seja, morrerão.

Deus colocou querubins para vigiar os frutos. E observou, com grande tristeza, o casal deixar o Éden.

Gênesis, capítulos 2, 3

O primeiro crime do mundo

Depois que Adão e Eva foram expulsos do Jardim do Éden, a vida deles se tornou difícil e penosa. Deus, porém, certificou-se de que não seria sempre só trabalho e tristeza. Depois de algum tempo, concedeu dois filhos a eles, que ficaram extasiados. O primeiro bebê de

Eva foi um menininho, a quem eles deram o nome de Caim.

O segundo filho também foi um menino, a quem eles chamaram Abel. Ambos cresceram e se tornaram rapazes saudáveis, fortes e trabalhadores. Caim era agricultor e Abel escolheu ser pastor de ovelhas. Entretanto, os dois jovens tinham personalidades muito diferentes. Abel tinha boa índole, era gentil e carinhoso, mas seu irmão mais velho, Caim, era mal-humorado e resmungão.

As coisas se complicaram de vez quando chegou a hora de Caim e Abel mostrarem seu respeito a Deus. Cada

um orou e fez uma oferta a Ele. Abel selecionou sua ovelha mais bonita e mais gordinha e Caim levou o melhor de suas colheitas e de seus pomares. Deus ficou muito satisfeito com Abel, mas recusou a oferta de Caim e também o repreendeu.

Em vez de sentir-se envergonhado, Caim ficou furioso e seu rosto parecia um vulcão.

– Por que você está bravo? E por que está com essa expressão no seu rosto? – Deus questionou. – Se você se comportar, é claro que ficarei feliz de aceitar sua oferta.

Caim foi embora louco da vida, muito irritado com Deus e com ciúme do irmão mais novo. Ele poderia ter refletido sobre o que Deus dissera e ter feito uma nova oferta – mas não. Em vez disso, permitiu que a raiva e o ódio tomassem conta dele.

Só conseguia pensar em prejudicar o irmão.

Caim tramou um jeito de cumprir seu intento. Convidou Abel para acompanhá-lo a umas terras distantes, no interior, onde eles estariam sozinhos. Lá, Caim atacou o irmão mais novo de forma violenta e Abel caiu morto no chão.

Calmamente, Caim voltou para casa como se nada tivesse acontecido. Tinha certeza de que ninguém o vira e de que ele escaparia ileso do crime, mas é claro que Deus já sabia de tudo o que ele fizera.

– Caim, onde está seu irmão? – Deus o desafiou.

– Como vou saber? – respondeu Caim, mal-educado. – Não sou o responsável por meu irmão.

Então Deus esbravejou:

– Caim, o que você fez? Posso ver o sangue do seu irmão manchando a terra de vermelho e me chamando para contar tudo sobre seu ato terrível! De agora em diante, a terra nunca mais lhe dará nada. Vou mandá-lo para bem longe daqui, onde eu não precise mais ver o seu rosto. Você irá vagar sem teto pelo resto dos seus dias!

Caim caiu de joelhos, desesperado:

– Por favor, Deus, é um castigo terrível!

Não só me afastará de casa como me mandará para a morte certa.

Se estranhos me encontrarem vagando, com fome e desamparado, certamente me matarão.

Mas Deus não queria mais saber de violência e assassinatos. Então fez uma marca em Caim, que exigia que ninguém o machucasse. E depois enviou-o para longe, além do Éden, a uma terra chamada Node.

Os pobres Adão e Eva perderam os dois filhos. Mas Deus teve pena deles mais uma vez. E concedeu a Eva outros bebês, a começar por Sete, seu terceiro filho. Assim, eles se consolaram e viveram até bem velhinhos, tanto que conviveram com várias gerações de netos e bisnetos.

Gênesis, capítulo 4

A arca de Noé

Os anos se passaram. Adão e Eva tiveram muitos filhos, netos e bisnetos, que, por sua vez, tiveram muitos tetranetos. As pessoas se espalharam pela terra e se esqueceram completamente de que faziam parte de uma grande família. Esqueceram-se também de Deus e se tornaram pessoas que se comportavam muito, muito mal.

Deus olhava tudo aquilo do céu e ficava cada vez mais triste e zangado. As pessoas tinham se tornado tão egoístas e cruéis que Ele lamentou ter criado a raça humana. Então, decidiu que o melhor a fazer era destruir todos os seres vivos e recomeçar sua obra.

Bem, não todos. Havia apenas uma pessoa no mundo que vivia de forma boa, honesta e trabalhadora: um lavrador chamado Noé. Deus decidiu salvar Noé, sua esposa e os três filhos, Sem, Cam e Jafé, com suas esposas. O Senhor conversou com Noé e contou-lhe sua terrível decisão.

– Olhe à sua volta, Noé. Todos são maus, estou cansado disso. Desaparecerei com todos da face da terra, mas prometo que você e sua família serão salvos. Eis o que deve fazer. Quero que construa uma barca imensa e coberta, uma arca. Use a melhor madeira que encontrar e construa um barco de 133 metros de comprimento, 22 de largura e 13 de altura, com um telhado feito de bambus.

"Cubra tudo com piche, por dentro e por fora, pois assim será resistente à água. Faça uma porta e janelas e construa três andares, divididos em compartimentos. Quando eu ordenar, leve para a arca um casal de cada criatura viva – um macho e uma fêmea. Leve sete pares de animais para vocês se alimentarem, pois precisarão de comida. Mandarei quarenta dias e quarenta noites de chuva que inundarão toda a terra.

Noé avisou sua família e todos se apressaram para cumprir a enorme tarefa. Os vizinhos achavam que eles estavam malucos por construírem aquela barca gigante. Como riam deles! Noé e sua família, porém, acreditavam em Deus e continuaram trabalhando. E, depois de muitos meses, a arca estava pronta.

Finalmente, chegou o dia em que Deus ordenou que Noé levasse os animais e sua família a bordo. Uma semana depois, nuvens e trovões escureceram o céu, bloqueando o Sol, e começou a chover.

Gênesis, capítulos 6, 7

O grande dilúvio

A chuva que Deus mandou para inundar a terra foi algo jamais visto ou imaginado. Era como se o firmamento se tivesse partido e, por entre as rachaduras, caíssem fortes cachoeiras. Com o dilúvio, as barreiras dos rios se romperam, os lagos inundaram os vales, os oceanos cresceram, mas a arca boiou nas águas, que se elevavam cada vez mais. Ondas gigantescas invadiram a terra, alagando tudo, e a chuva continuou. A arca era jogada violentamente para lá e para cá contra as ondas. A chuva durou quarenta dias e quarenta noites, exatamente como Deus havia dito.

Então, com a mesma rapidez com que começara, ela parou. Quando Noé ousou olhar para fora, não viu nada, a não ser água por todos os lados.

Nos silenciosos dias que se seguiram, o Sol começou a secar a água e a inundação diminuiu vagarosamente. Deus mandou uma rajada de vento para apressar as coisas. A arca se inclinava e estremecia, rangendo, enquanto chegava ao topo dos montes de Ararate, na Turquia.

Noé esperou alguns dias até o volume das águas diminuir e então soltou um corvo. O corvo voava de lá para cá e tudo o que conseguia ver era água. Noé esperou mais uma semana e soltou uma pomba. Ela voltou no mesmo dia e Noé concluiu que a terra ainda não estava seca. Esperou outra semana e soltou a pomba novamente. Naquela mesma noite, ela voltou trazendo uma folha de oliveira. As águas tinham diminuído muito e havia árvores crescendo! Noé esperou ainda uma semana e novamente soltou a pomba. Desta vez, ela não retornou.

Apreensivo, Noé abriu a porta: a arca estava rodeada de terra seca!

Então, Deus chamou:

– Noé, é hora de você e sua família saírem da arca com todas as criaturas e recomeçarem.

E assim eles fizeram. O Senhor ficou feliz e abençoou Noé e sua família. E jurou que nunca mais enviaria um dilúvio para destruir os seres que havia criado. Deus ofereceu-lhes um arco-íris no céu como sinal de sua promessa.

Gênesis, capítulos 7 a 9

A Torre de Babel

No início, as pessoas viviam bem mais do que vivem hoje. A Bíblia diz que Noé tinha 600 anos quando houve o dilúvio e que viveu até os 950!

Noé viu seus filhos e as respectivas esposas terem muitos filhos, netos e bisnetos. Sua família cresceu tanto que o mundo foi

habitado por milhares de pessoas novamente, como Deus desejava.

Claro que elas viajavam para terras distantes, a fim de encontrar outros lugares para morar. Muitas pessoas passavam anos vagando, procurando um bom pasto para seus animais, vivendo em barracas e mudando-se com frequência.

Conforme o tempo foi passando, pessoas de diferentes lugares criaram gosto peculiar para roupas, comida e hábitos, tal como é hoje. Entretanto, uma coisa elas tinham em comum: a língua.

Um grupo de nômades, ao chegar a Sinar, hoje em dia chamado Iraque, decidiu fixar-se em uma vasta planície.

Os campos tinham tudo de que esses viajantes precisavam. Eles gostaram tanto

daquele lugar que decidiram nunca mais se mudar. Pensaram bastante e tiveram uma ideia bem ousada. Em vez de viver em barracas, construiriam um lar: uma casa sólida, feita de tijolos.

Eles faziam tijolos de lama queimada e usavam piche em vez de massa de pedreiro. Mas o povo não queria construir apenas uma vila ou uma cidade, e sim a mais bela das cidades, com uma torre magnífica. Uma torre tão alta que seu topo tocaria as nuvens.

E esses colonizadores queriam que a notícia se espalhasse de modo que ficassem famosos no mundo todo. E assim, sonhando com fama e fortuna, começaram a construí-la.

De tanto cavar, moldar, queimar, martelar e cinzelar, não demorou muito para Deus ouvir o que o povo de Sinar estava fazendo. Ele observava tudo aquilo e ficava maravilhado com as belas ruas que estavam sendo construídas, as belas casas que tomavam forma e a maravilhosa torre que ia alcançando o céu.

– Não posso acreditar no que estão criando! – dizia Deus. – Que trabalho bonito!

Mas algo o atormentava.

– Hum... o problema é que eles estão fazendo isso para se tornarem mais importantes do que outros. Se eu permitir que continuem assim, eles vão se destruir, pois vão querer ser melhores em tudo. Melhor colocar um basta nisso antes que as coisas saiam do controle.

Foi então que Deus deu ao povo línguas diferentes. E, de repente, eles perceberam que não conseguiam entender uma única palavra do que os outros diziam. Sem se comunicar, os planos de construir a cidade foram por água abaixo. Eles não conseguiam mais trabalhar juntos e terminar a cidade que, por isso, ficou conhecida como Babel, ou Babilônia, por causa do burburinho que se ouvia de lá.

Aos poucos, frustrados, foram deixando Sinar à procura de um novo lar.

A partir de então, pessoas de diferentes lugares passaram a falar diferentes línguas.

Gênesis, capítulo 11

A jornada de Abrão

Um dos descendentes de Sem, filho de Noé, chamava-se Abrão. Ele cresceu em uma cidade chamada Ur, próxima ao Golfo Pérsico. Após se casar, Abrão levou a esposa, Sarai; seu pai, Tera; e o sobrinho órfão, Ló (que ele tratava como seu próprio filho) para uma cidade chamada Harã.

Ur e Harã eram cidades movimentadas,

repletas de pessoas muito ricas, assim como era Abrão, um comerciante bem-sucedido. Um dia, de repente, ele ouviu um chamado de Deus:

– Abrão, quero que saia de sua terra e vá para a terra que eu vou indicar, pois farei de você o pai de uma grande nação.

Era preciso ter muita fé para fazer o que Deus havia pedido. Abrão vendeu a maior parte das terras e partiu com sua esposa para uma longa jornada, sem saber exatamente para onde estava indo.

Mas ele não questionou e chamou Ló para acompanhá-los também.

Abrão comprou rebanhos de ovelhas, cabras e vacas para ele e para o sobrinho.

Contratou pastores, comprou camelos e mulas para carregarem barracas, pertences, comida e água. Após semanas de preparação, Abrão conduziu sua família e os ajudantes que contratara na direção sul.

Deus guiou Abrão à terra de Canaã, hoje chamada de Israel. Quando chegou a Siquém, um lugar santo, ele ouviu Deus dizer:

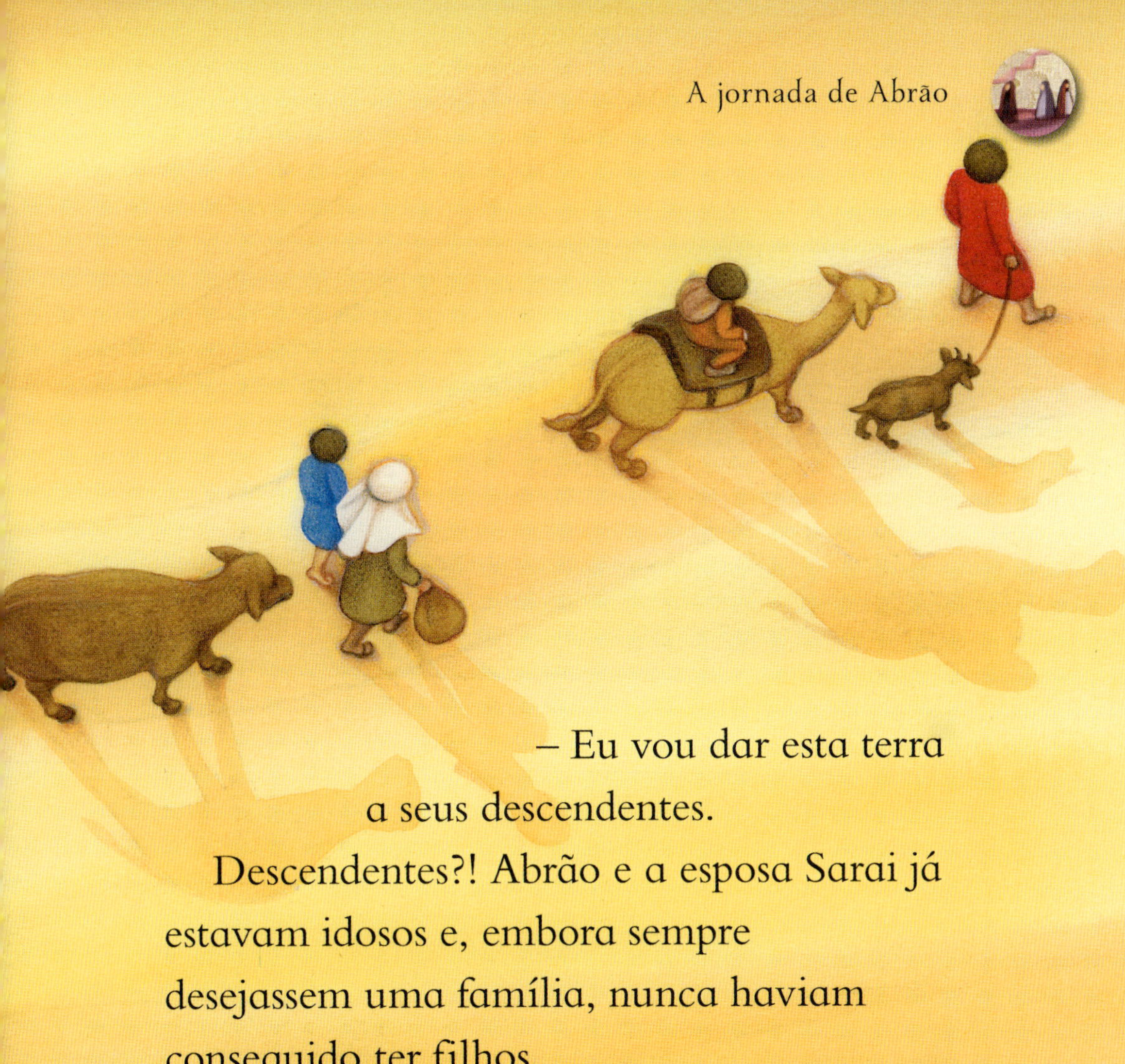

– Eu vou dar esta terra
a seus descendentes.

Descendentes?! Abrão e a esposa Sarai já estavam idosos e, embora sempre desejassem uma família, nunca haviam conseguido ter filhos.

Mais uma vez, Abrão não questionou as palavras de Deus e confiou novamente.

Eles não puderam ficar em Canaã, pois a fome se alastrava pela cidade. Então,

Deus os guiou pelo deserto até o exuberante Egito. Lá havia água e comida em abundância. Entretanto, Abrão encontrou outro problema: o faraó, rei do Egito, ordenou que Sarai se tornasse uma de suas esposas. Deus, porém, castigou o faraó com uma doença terrível até que ele mudasse de ideia; ele, então, deixou Sarai partir.

Depois disso, Abrão abandonou o Egito e seguiu em direção a Canaã novamente, para um lugar chamado Betel. Mas como não havia pasto suficiente para os animais, Abrão e os pastores de Ló discutiram e brigaram. Os dois então se separaram.

Ló foi para leste, na direção do rio Jordão. Lá, ele se fixou em Sodoma, enquanto seu tio desmontava as barracas e

fixava-se nos campos de Canaã. Após a partida de Ló, Deus conversou novamente com Abrão e repetiu sua promessa:

– Olhe à sua volta – disse Ele. – Toda essa terra que está vendo pertencerá a você e à sua família para sempre.

Confiante, Abrão esperou... Mudavam as estações, mas não havia sinal de que ele e Sarai teriam filhos.

Ao longo de todos aqueles anos de espera, Deus conversou com Abrão diversas vezes, repetindo sempre sua promessa. Isso acontecia quando Abrão menos esperava. Certa noite, Abrão estava sentado fora de sua barraca, como sempre fazia, quando Deus lhe disse:

– Olhe para o alto. Você terá tantos descendentes quanto as estrelas do céu.

Em outra ocasião, após fazer uma oferta a Deus, Abrão teve um sonho lindo. Nele, Deus caminhava ao seu lado, prometendo novamente que ele teria uma família grande e próspera, e que todas as terras, do rio Nilo ao Eufrates, seriam dela.

O tempo foi passando, e Sarai ficando cada vez mais intrigada, pensando se conseguiria dar um filho a Abrão. Preocupada, convenceu o marido, já com 86 anos, a ter um filho com a criada Agar. Esta e Abrão tiveram um filho chamado Ismael, mas isso, em vez de alegrar Sarai, levou-a a uma grande tristeza.

Abrão completara 99 anos e Sarai tinha 90. E não tinham nenhum filho. Porém, Deus insistia que a promessa iria se concretizar.

– Quero que você e sua esposa mudem de nome como prova de minha promessa – Ele disse. – De agora em diante, vocês não serão mais Abrão e Sarai, e sim, Abraão e Sara. Façam o que eu digo e confiem em mim que tudo se realizará. Você e Sara terão um filho no ano que vem, esperem e verão. Coloquem nele o nome de Isaque.

E, assim, Abraão e Sara continuaram a esperar.

Gênesis, capítulos 11 a 13, 15 a 17

A palavra de Deus se concretiza

Após longa espera, quando Abraão completou 100 anos, Sara teve um filho, o qual chamou de Isaque. As coisas aconteceram conforme Deus havia dito.

O casal ficou tão feliz que acreditou que nada atrapalharia sua felicidade. Mas, aos

poucos, Sara começou a ter inveja de Ismael, o outro filho que Abraão teve com Agar, uma empregada de Sara.

Os problemas entre as duas mulheres surgiram quando Agar engravidou. Como carregava um filho de Abraão no ventre, Agar passou a olhar sua senhora com desprezo. Sara ficou tão brava que começou a tratar Agar muito mal.

Tão mal que Agar decidiu fugir. Mas um anjo a encontrou chorando perto de uma fonte no deserto e a consolou, convencendo-a a retornar. Deus também conversou com Sara. Disse que faria de Ismael, filho de Abraão com Agar, o fundador de uma outra grande nação.

Quando Abraão e Sara tivessem seu filho Isaque, o povo dele seria o escolhido de Deus.

Porém, quando Isaque nasceu, a rivalidade entre Sara e Agar ressurgiu. Ismael estava prestes a completar 14 anos e gostava muito de seu irmãozinho, mas Sara odiava vê-los juntos. Ela não suportava o fato de sua criada ter a mesma importância que ela só porque tinha um filho de Abraão.

– Livre-se deles – Sara implorou ao marido. – Não quero que Ismael tome o que deverá ser de Isaque.

Abraão ficou muito triste, pois amava os dois filhos. E decidiu pedir ajuda ao Senhor.

– Não se preocupe – afirmou Deus. – Faça o que Sara pede. Eu cuidarei de Agar e Ismael. Confie em mim.

Na manhã seguinte, Abraão pediu a Agar e Ismael que partissem. Com dor no coração, ofereceu-lhes água e comida, e mandou-os em direção ao deserto.

Deus cumpriu sua palavra e cuidou do primeiro filho de Abraão e da mãe enquanto lutavam pela sobrevivência. Certa vez, quando estavam prestes a morrer de sede, Deus mandou um anjo trazer-lhes água. O Senhor manteve-se ao lado de Ismael enquanto ele cresceu forte e corajoso. E como Deus prometera, Ismael tornou-se fundador de uma grande nação: a nação árabe.

Gênesis, capítulos 16, 17

Uma prova terrível para Abraão

Deus deu a Abraão duas provas extremamente difíceis: viajar para um lugar desconhecido e esperar muito tempo para que ele e Sara tivessem um filho. Porém, a prova mais difícil ainda estava por vir. Quando seu amado filho Isaque tinha uns 11 anos, Deus trouxe más notícias a Abraão.

– Quero que você leve seu filho a Moriá, a um lugar que eu lhe mostrarei – disse Deus a Abraão –, e me ofereça um sacrifício. Não quero que você mate e queime um bode ou um cordeiro como de costume, quero que sacrifique Isaque. Abraão ficou horrorizado, mas Deus foi muito claro e ele teve certeza absoluta de que o Senhor assim o queria. Na manhã seguinte, com muita dor em seu coração, Abraão chamou dois criados e embalou lenha e mantimentos em um jumento.

Abraão disse a Isaque que eles iriam viajar e, juntos, partiram para o deserto.

Depois de andar durante dois dias, Abraão foi se aproximando do lugar onde executaria a difícil tarefa. No terceiro dia de viagem, chegaram ao pé de uma colina e Abraão soube que era aquele o lugar que Deus havia escolhido.

– Fiquem aqui com o jumento – Abraão disse aos criados. – Irei ao topo da colina com Isaque para orar e fazer uma oferta a Deus.

Isaque apressou-se para ajudar, descarregou o jumento e levou as pesadas toras de madeira de que eles precisariam para a fogueira do sacrifício. Abraão pegou uma faca afiada e uma panela com carvão para acender o fogo.

Então o velho homem e seu filho começaram a subir a colina, mais e mais alto, até não conseguirem ver os criados que estavam lá embaixo, esperando. Por fim, aproximaram-se de uma pequena clareira. Abraão parou e disse com a voz estranha e tensa: – É aqui.

– Pai, temos a madeira e o carvão para acender o fogo, mas esquecemos de trazer o animal para o sacrifício – observou Isaque.

Abraão não conseguia olhar para o filho:

– Deus nos dará o animal – disse ele, com a voz embargada pela tristeza.

Os dois então trabalharam juntos, criando o altar de pedras e colocando a lenha em cima dele. Finalmente, a hora chegou e Abraão teria de fazer o inimaginável.

Foi enorme o terror de Isaque quando seu pai o amarrou e o colocou sobre a lenha: foi aí que percebeu que ELE era o sacrifício.

Angustiado, Abraão elevou a faca e respirou fundo, preparando-se para matar o próprio filho, aquele a quem tanto amava.

Quando estava prestes a cravar a lâmina...

– PARE! – ecoou uma voz do céu.

Abraão sabia que era um anjo falando.

– Você provou que ama incondicionalmente a Deus. Estava prestes a sacrificar o próprio filho só porque o Senhor lhe

pediu. Isso é o suficiente! Não machuque Isaque.

Abraão deixou cair a faca. Suas mãos trêmulas mal conseguiam desatar os nós que amarravam Isaque. E chorava tanto que seu peito parecia explodir. Ele abraçou o filho e pediu-lhe perdão.

Ainda em prantos, Abraão avistou um arbusto se movimentando – havia um carneiro preso nele.

– Eu disse, Isaque, que Deus nos daria um animal para o sacrifício! – Abraão aproximou-se, pegou o carneiro e o ofereceu no lugar do jovem.

Quando Abraão e seu filho terminaram de orar, desceram a colina e, juntos, voltaram para casa.

Gênesis, capítulo 22

O conto dos irmãos gêmeos

A mãe de Isaque, Sara, viveu até os 127 anos de idade, enquanto o pai, Abraão, viveu até os 175. Quando ambos morreram, Isaque casou-se com uma mulher chamada Rebeca, que era de Harã, antiga cidade de Abraão. Isaque herdou as

terras do pai e ficou em Canaã, fazendo a vontade de Deus, tal como o pai.

Assim como seus pais, Isaque e Rebeca tiveram que esperar muito tempo antes de Deus lhes dar filhos: vinte anos. A espera valeu a pena, pois quando Rebeca finalmente engravidou, descobriu que não era de apenas um, e sim de dois filhos – gêmeos! Pouco antes de eles nascerem, Deus disse a Rebeca:

– Você terá dois filhos, que serão líderes de dois povos. Um deles será mais forte que o outro e o mais velho servirá ao mais jovem.

No dia do nascimento, algo muito estranho aconteceu. O segundo bebê nasceu segurando o calcanhar do primeiro, como se quisesse puxar seu irmão mais velho e

ultrapassá-lo. Isaque e Rebeca chamaram o garoto mais velho de Esaú, nome que significa "cabeludo". Esaú era moreno e tinha muito cabelo. Ao filho mais novo e claro, deram o nome de Jacó, que significa "aquele que quer apoderar-se do lugar do outro".

O tempo passou e os gêmeos cresceram com personalidade e aparência muito diferentes. Jacó era quieto e pensativo. Gostava de ficar em casa ao lado da mãe, na cozinha, o que fez com que se tornassem muito próximos. Esaú era forte e corajoso. Adorava aventurar-se e se tornou um

excelente caçador. Ele era o filho preferido de Isaque.

Quando Jacó via seu pai e Esaú juntos, conversando e rindo em perfeita sintonia, desejava que Isaque o amasse da mesma forma. Para piorar a situação, Esaú tinha nascido antes de Jacó e a lei dizia que Esaú herdaria toda a fortuna do pai quando este morresse. Isso era chamado de primogenitura. Jacó sabia que era mais esperto que Esaú e que cuidaria melhor dos negócios do pai. Ele não suportava pensar que a primogenitura seria de Esaú.

Certo dia, Jacó estava na cozinha preparando um delicioso feijão quando Esaú chegou de uma caçada.

– Nossa, o que está cozinhando? Estou FAMINTO! – exclamou, aproximando-se da panela fumegante e cheirosa. – Posso comer agora?

Os olhos de Jacó cintilaram e ele teve uma ideia:

– Eu lhe farei um guisado se você me prometer que todos os seus direitos de filho primogênito serão meus.

– Fechado! – concordou Esaú.

Tudo em que ele conseguia pensar era seu estômago roncando, esfomeado.

– Se eu não tiver nada para comer nos próximos cinco minutos, morrerei de

qualquer forma, então que utilidade teria minha primogenitura? – brincou.

Jacó, por sua vez, estava muito sério:

– Diga que você jura solenemente.

– Juro – prometeu Esaú. – Dê-me o guisado!

Jacó serviu o guisado em uma tigela e o deu a Esaú com um pão assado e macio. Ambos sentaram-se muito felizes.

Vinte anos se passaram e Isaque tornou-se um homem velho e cego, que sabia que não viveria por muito tempo. Um de seus últimos desejos foi que Esaú saísse para caçar e que lhe preparassem sua comida preferida. Em seguida, daria ao filho a bênção que oficializaria sua primogenitura. Muito feliz, Esaú partiu com seu arco e flecha.

Rebeca, porém, ouvira tudo. De repente, teve uma ideia para enganar o marido e fazê-lo dar a bênção a seu filho preferido, Jacó! Primeiro, ela preparou rapidamente o prato que o marido havia pedido. Depois, vestiu Jacó com as roupas de Esaú, para que ele tivesse o cheiro do irmão, e envolveu seu pescoço e os braços com pele de cabra, assim ele ficaria cabeludo como Esaú.

– Mas, mas... – protestou Jacó.

– Eu assumo a culpa – Rebeca tranquilizou-o e pediu que ele levasse comida para o pai.

O plano funcionou perfeitamente. A princípio, Isaque desconfiou por seu jantar ter chegado tão rápido, mas Jacó disse que Deus o havia ajudado a caçar. Jacó imitou a voz de Esaú e, claro, agiu como ele

também. Isaque acreditou que Jacó era Esaú e deu a ele a tão importante bênção da primogenitura.

Quando Esaú voltou da caça e foi ver seu pai, ambos perceberam que haviam sido enganados e choraram de frustração e arrependimento. Porém, era tarde demais, o velho homem não podia voltar atrás em sua bênção.

Mais tarde, quando estava sozinho, Esaú sentiu raiva.

– Esperarei meu pai morrer – jurou a si mesmo –, não mais que isso. Então, vou me vingar de Jacó.

Gênesis, capítulos 25 a 28

O sonho de Jacó

Jacó conseguiu a primogenitura de seu irmão gêmeo, Esaú, mas sua alegria logo se transformou em vergonha e arrependimento. Seu pai, velho e cego, estava tão desapontado que sequer falava com Jacó, e Esaú mal conseguia olhar para ele. Esaú só não havia se vingado ainda de

seu irmão gêmeo, menor e mais fraco, para não desapontar ainda mais o pai. Apenas a mãe de Jacó ainda o amava – e agora ele estava prestes a perdê-la também. Rebeca estava tão preocupada com o que Esaú faria a seu filho favorito quando o pai morresse que disse a Jacó que ele não tinha outra escolha a não ser partir.

– Você deve ir para bem longe, fora do alcance de Esaú – Rebeca insistiu. – Vá para a casa de meu irmão, seu tio Labão, na cidade de Harã. Lá estará seguro. Só devemos esperar que seu irmão se acalme e o perdoe, então você poderá voltar.

Jacó deixou sua casa e a família desacreditado, sem amigos ou posses. Partiu em direção a Harã pelo deserto, pensando no que havia feito. No fim do primeiro dia

de sua solitária viagem, Jacó encontrou um local rochoso e protegido, onde poderia passar a noite. Cansado e infeliz, viu uma pedra achatada e lisa. Deitou-se sobre ela, usando-a como travesseiro, e tentou descansar.

Sozinho no deserto, faminto, com frio e preocupado com os animais selvagens que poderiam aparecer por ali, Jacó não dormiu bem. Revirou-se por horas e, quando finalmente conseguiu dormir, teve um sonho muito estranho.

Jacó sonhou que uma luz ofuscante surgiu do céu escuro e que ele cobriu os olhos e piscou até se acostumar com a claridade e poder abri-los completamente. Então, viu que a luz brilhava de forma constante e seus raios direcionavam-se ao

chão. Pessoas trajando roupas cintilantes voavam para cima e para baixo. Chocado, Jacó percebeu que estava diante de uma escada que ligava o céu à terra e que aquelas pessoas eram anjos. De repente, sentiu a presença de Deus ao seu lado.

– Sim, sou o Senhor – disse Deus. – E como prometi a seu avô, Abraão, e a seu pai, Isaque, darei esta terra onde se deita a você e à sua família. Terá tantos descendentes quanto há grãos de areia no chão. Agora, lembre-se de que nunca estará sozinho. Estarei sempre contigo. Cuidarei de você e, onde quer que esteja, garantirei que, um dia, retornará seguro para casa.

A seguir, a escada e os anjos desapareceram, assim como a voz de Deus. Jacó despertou, congelado no deserto. Porém, sabia que Deus esteve lá e olhava por ele.

Gênesis, capítulos 27 e 28

José, o sonhador

Jacó foi um dos homens mais prósperos de Canaã. Ele tinha rebanhos de bois, ovelhas, cabras, camelos e jumentos, além de possuir muitas tendas repletas de tesouros. Entretanto, o que Jacó mais amava na vida era José, seu décimo primeiro filho. A mãe de José era Raquel, o grande amor de Jacó. Eles esperaram muitos anos para que Deus lhes enviasse um filho. Até então, Jacó já tinha dez filhos com três outras esposas. Mas o filho com Raquel era especial.

Jacó não escondia que José era seu favorito. Muitas vezes o mantinha em sua companhia enquanto os outros filhos iam trabalhar no campo. Isso deixava os mais velhos ressentidos. A situação se agravou quando José fez 17 anos. Jacó o presenteou com uma linda túnica de mangas largas, bordada com linhas de diferentes cores. Os outros filhos de Jacó ficaram enfurecidos de ciúme. E, para piorar, José começou a ter sonhos estranhos.

– Vocês não vão acreditar... – ele contou aos irmãos em uma manhã. – Na noite passada sonhei que estávamos fazendo a colheita e amarrando o trigo em feixes, quando o meu feixe se ergueu. Em seguida, os feixes que vocês estavam amarrando o rodearam e se curvaram diante do meu.

– Quem você pensa que é? – disparou um dos irmãos.

– Você se acha melhor do que nós? – resmungou o outro irmão.

– Você acha que será um rei e que mandará em nós? – disse um terceiro, franzindo a testa.

Pouco tempo depois, José teve outro sonho estranho e novamente cometeu o erro de contá-lo aos irmãos.

– Sonhei que o Sol, a Lua e onze estrelas estavam me reverenciando.

Os irmãos entenderam que aquele sonho significava que eles, seu pai e sua mãe viriam a ser servos de José. E ficaram furiosos!

Num daqueles dias em que José ficou em casa, Jacó decidiu enviá-lo para verificar o trabalho dos outros filhos. Do campo, os irmãos de José, que estavam cansados e com sede, viram quando ele surgiu ao longe, bem disposto e vestido em sua túnica colorida. Então tiveram uma ideia terrível.

– Lá vem o sonhador – disse um deles com desprezo. – Gostaria de poder me livrar dele de uma vez por todas.

– Bem, esta é a nossa chance – observou outro.

– Não há ninguém por perto, é a

oportunidade perfeita! – concordou o terceiro irmão.

– Vamos matá-lo e jogar o corpo naquela cova – sugeriu outro irmão.

– Podemos dizer ao nosso pai que ele foi atacado por animais selvagens – sugeriu um dos rapazotes.

– Parem com isso! – gritou horrorizado o irmão mais velho, Rubem. – Não podemos matar nosso irmão! Vocês realmente querem ter sangue nas mãos? – argumentou. – Se querem se livrar dele, joguem-no em um poço abandonado, mas não o matem! (A intenção de Rubem era voltar mais tarde, quando os irmãos já estivessem em casa, para resgatar José.)

E foi isso que os irmãos fizeram. Derrubaram José no chão, rasgaram sua bela túnica e o jogaram no poço, levando a corda com eles.

Satisfeitos, eles ignoraram os gritos de socorro do caçula e se sentaram para comer – menos Rubem, que não teve vontade de juntar-se a eles e foi olhar os animais que estavam em pastos mais afastados.

Enquanto Rubem estava longe, uma caravana de comerciantes de especiarias a caminho do Egito cruzou o local onde os irmãos descansavam. Um deles, Judá, teve outra ideia terrível:

– Rubem está certo! Não devemos ferir José pois ele é nosso irmão – declarou com um certo brilho nos olhos. – Eu tenho um plano melhor: vamos vendê-lo! Tenho certeza de que aqueles comerciantes pagarão um bom preço por um escravo.

Assim, quando Rubem voltou para perto dos irmãos, eles já tinham vendido José por 20 moedas de prata.

– O que vocês fizeram? – desesperou-se Rubem ao saber. – Que ato vergonhoso, Judá! Que vergonha de vocês todos! O que vão dizer ao nosso pai?

Aflitos, os irmãos executaram a parte final do plano. Mataram um cabrito para tingir a túnica de José com sangue e a levaram para seu pai.

– José foi atacado por animais selvagens – mentiram.

Jacó caiu de tristeza, chorando e lamentando seu filho amado. – Sofrerei por meu filho até a minha morte – murmurou entre soluços.

Gênesis, capítulo 37

Um escravo no Egito

Vendido pelos irmãos, José viajou com os comerciantes até uma terra estrangeira, onde foi negociado como escravo. Estava exausto e apavorado. Porém, seu sólido caráter deve ter se revelado imediatamente, pois o homem que o comprou confiou nele, trazendo-o para trabalhar dentro de casa, livrando-o do trabalho como operário ou na roça. Era um homem muito importante e rico. Seu nome era Potifar e ele era capitão dos soldados que guardavam o faraó, rei do Egito. Deus esteve ao lado de José todo o tempo, animando-o e ajudando-o a realizar suas tarefas. Potifar estava tão satisfeito que foi promovendo José no trabalho, até que, em pouco tempo, ele se tornou o administrador da casa.

José não era apenas um trabalhador digno de confiança, ele também era muito belo. Tão belo que a esposa de Potifar apaixonou-se por ele. Todos os dias, escondida do marido, ela aproveitava qualquer oportunidade para flertar com o jovem e tentar seduzi-lo. José era tão leal ao patrão que sempre a rejeitava.

Mas a mulher estava determinada a conseguir o que queria. Um dia, ela agarrou-se ao seu manto. José precisou tirar o manto para escapar de suas garras! Então, a mulher desprezada resolveu se vingar. Ela fingiu estar muito desapontada e acusou José de tê-la cercado em seu quarto, só fugindo quando ela começou a gritar, deixando apenas o manto para trás.

Potifar ficou furioso e mandou José para a prisão.

José poderia ter chorado e lamentado a má sorte. Poderia também ter se desesperado e morrido, mas Deus ficou com ele e elevou seu espírito. O carcereiro percebeu que ele era competente e correto. Por isso, começou a lhe passar algumas tarefas. E, depois, acabou deixando José encarregado de todos os outros prisioneiros.

Dois deles eram o mordomo e o padeiro do faraó. Certa manhã, José os encontrou estranhamente ansiosos, pois ambos haviam tido sonhos estranhos que não conseguiam entender.

– Contem seus sonhos pra mim – insistiu José. – Talvez Deus explique o que significam.

– Eu sonhei com uma videira com três ramos, onde cresciam cachos de uvas –

contou o mordomo. – Eu as colhia e espremia em um copo para dar o suco para o faraó beber.

Graças ao Senhor, José entendeu o significado do sonho.

– Em três dias, o faraó vai perdoá-lo e o chamará para trabalhar novamente com ele.

O mordomo regozijou-se e agradeceu.

– Meu amigo – pediu José –, apenas prometa que, quando estiver livre, não vai se esquecer de mim. Por favor, fale de mim ao faraó e peça a ele que me liberte, pois eu não mereço estar aqui.

– E o meu sonho? – perguntou o padeiro. – Eu sonhei que carregava três cestas de pães sobre a cabeça e que alguns pássaros comiam os pães que estavam no topo.

O semblante de José emudeceu quando ele entendeu o sentido do sonho.

– Sinto dizer isso a você... mas, em três dias, o faraó o mandará para a forca.

Os sonhos de fato se realizaram: em três dias, o padeiro foi executado e o mordomo voltou a trabalhar com o faraó. Ele ficou tão feliz que nem se lembrou de José, que ficou esquecido na prisão.

Gênesis, capítulos 39, 40

O soberano do Egito

Certa manhã, houve uma comoção no palácio real egípcio. O faraó despertou muito perturbado. Ele havia tido dois sonhos estranhos que, certamente, traziam algum significado, mas não tinha ideia do que poderia ser. No primeiro sonho, ele estava às margens do rio Nilo quando sete vacas gordas se aproximaram e começaram a pastar. Então, chegaram

outras sete vacas, mas estas eram muito magras. As vacas magras comeram as vacas gordas e, mesmo assim, continuaram magras e doentes. No segundo sonho, o faraó viu sete belas espigas de milho crescendo em um mesmo pé. Mas outras sete espigas, miúdas e enrugadas, devoraram as boas espigas.

O faraó convocou todos os sábios conhecidos, mas nenhum deles conseguiu explicar os sonhos. Diante da aflição do momento, o mordomo do faraó se lembrou de José.

Dois anos haviam se passado e ele não tinha certeza se José ainda estaria vivo. Mesmo assim, contou ao faraó tudo o que sabia do surpreendente rapaz israelita que estava preso nas masmorras.

O faraó mandou buscá-lo. Retirado da prisão, José foi levado à magnífica mansão do grande rei do Egito. O faraó contou-lhe seu sonho e José explicou o significado, de acordo com a interpretação que Deus lhe dava.

– Os dois sonhos têm o mesmo significado – anunciou José para o angustiado rei. – Nos próximos sete anos, o Egito terá colheitas fartas. Porém, nos sete anos seguintes, as colheitas serão escassas e haverá falta de comida. Eis o que Deus diz para ser feito: empregue um governante e lhe dê poder para tomar conta de seu reino.

Nos próximos sete anos, ele e seus oficiais devem coletar um quinto de tudo que for produzido em suas terras e guardar nos celeiros. Quando os tempos de miséria chegarem, haverá alimento para que o povo não morra de fome.

– Verdade? É isso que o seu Deus diz? – murmurou o faraó, que ficou pensativo por um momento. O silêncio no salão era absoluto e todos os presentes estavam ansiosos para saber se o rei ficara satisfeito com a resposta. Ele desceu do trono e se aproximou de José, enquanto tirava um anel de ouro de seu dedo. – Você será o governante – ordenou, entregando o anel a José. – Não consigo pensar em alguém melhor. De agora em diante, o governante é você!

Gênesis, capítulo 41

A taça de prata

Quando se tornou governador do Egito, José estava com 30 anos. Ele era o braço direito do faraó e tinha mais poder do que qualquer um no Egito, exceto o próprio rei.

Como havia sido profetizado, depois de sete anos de muita fartura, a colheita foi escassa, não apenas no Egito, mas em toda a região. Felizmente, José se certificou de que os estoques egípcios estivessem cheios. A notícia sobre celeiros repletos de comida se alastrou e muitas pessoas famintas viajaram para o Egito para comprar mantimentos.

Entre essas pessoas estavam os dez irmãos de José, enviados pelo pai, Jacó. Benjamim, o irmão mais novo, filho de Jacó e Raquel, ficara com os pais em Canaã, pois Jacó não suportaria separar-se dele, sobretudo depois de ter perdido o filho favorito.

Mais de vinte anos haviam se passado desde que os irmãos venderam José como escravo. Ele agora estava casado com uma mulher egípcia, agia como um egípcio e sua aparência era a de um magnífico príncipe. José também só se comunicava na língua local.

Assim, quando vieram até ele para negociar a compra de mantimentos, seus irmãos não o reconheceram, mas José sabia quem eram. Ele ficou desapontado porque Benjamim, seu irmão mais querido, não estava com os outros e decidiu então intimidá-los para conseguir vê-lo.

– Não acredito que vieram até aqui para comprar mantimentos! Eu penso que vocês são espiões! – acusou-os, usando um intérprete para que não desconfiassem que ele sabia falar o idioma deles.

– Não somos espiões, somos apenas irmãos! – protestaram. – Éramos doze, mas um irmão morreu há muito tempo e o mais novo está em casa com nosso pai.

– Então provem! – desafiou José. – Um de vocês deve viajar para buscar o irmão mais novo... Eu darei algum tempo para decidirem qual de vocês irá!

José ordenou que todos fossem colocados na prisão.

Depois de três dias, José mandou chamar os irmãos.

– Decidi que vocês podem voltar para casa com os mantimentos de que precisam – anunciou. – Mas ainda quero que tragam seu irmão mais novo. E, para ter certeza de que farão isso, vou manter um de vocês como refém.

Ele bateu palmas e, imediatamente, seus guardas amarraram Simeão, levando-o para a prisão.

Os nove irmãos partiram com o coração pesado para Canaã. E ficaram ainda mais aflitos quando constataram que o dinheiro que usaram para pagar os mantimentos, estranhamente, ainda estava em suas bolsas. "O que aconteceu?" – eles pensaram. "Isso vai nos colocar em problemas ainda maiores." Eles não sabiam que José ordenara que o dinheiro fosse recolocado nas bolsas para testá-los.

Quando chegaram a Canaã e contaram ao pai que deveriam retornar ao Egito com Benjamim, o velho e angustiado Jacó protestou:

– Não! Nem pensar! Eu perdi José e Simeão está preso. Eu não vou permitir isso!

Depois de algum tempo, porém, o alimento que haviam comprado estava acabando.

Jacó não tinha outra escolha a não ser enviar os filhos novamente para o Egito – dessa vez com Benjamim. Ele os fez levar muitos presentes caros para o governante egípcio, na esperança de que, agradando-o, ele permitiria o retorno de todos os seus filhos.

Ao saber que seus irmãos estavam novamente no Egito, José ordenou que fossem levados ao palácio. Quando os guardas se aproximaram, eles ficaram aterrorizados, achando que seriam presos por causa do dinheiro que tinha ficado em suas bolsas.

– Foi um engano! Veja, o dinheiro está todo aqui! – disseram, mostrando as bolsas ao oficial.

Mas José não os havia convocado por causa disso. Ao contrário, ele lhes ofereceu um banquete. Estava tão contente de ver Benjamim que lhe deu cinco vezes mais comida e bebida do que aos outros e ainda permitiu que os dez irmãos voltassem a Canaã levando todo o mantimento que conseguissem carregar.

Na manhã seguinte, mal tinham saído da cidade quando foram interditados por um oficial enviado por José. Ele vistoriou

todas as bolsas dos irmãos, do mais velho ao mais novo, e, na última, que era a de Benjamim, encontrou a melhor taça de prata do palácio.

– Ladrões! – acusou o oficial, sabendo que se tratava de mais um truque de José.

Em completo desespero, os irmãos foram levados à presença do governante e pediram clemência. José foi implacável:

– Como castigo, Benjamim ficará aqui e será meu escravo. O restante de vocês pode ir.

Judá suplicou:

– Alteza, nosso pai já perdeu o filho favorito. Se não retornarmos com esse garoto, ele morrerá de tristeza. Eu imploro, deixe-me ficar, eu serei o seu escravo!

José sentiu que seu coração ia se despedaçar.

– Todos para fora! – ordenou aos seus serviçais.

José ficou sozinho com os irmãos. Só então ele confessou quem era.

– Não se culpem por me vender como escravo – disse José com grande benevolência. – Era parte do plano de Deus para mim.

Chorando, estendeu os braços para Benjamim, abraçou e beijou a todos.

O faraó ficou encantado quando soube que José tinha uma família e ofereceu algumas terras em um dos locais mais luxuosos do Egito para a família morar, um local onde José poderia cuidar deles.

Jacó voltou a ficar perto de seu filho amado e seus últimos anos de vida foram felizes.

Gênesis, capítulos 41 a 46

O bebê no cesto

José e seus irmãos viveram no Egito o resto de suas vidas e tiveram muitos filhos, netos e bisnetos. Eles eram bons lavradores e bons comerciantes e ficaram ricos e poderosos.

Com o tempo, os egípcios começaram a chamar os judeus de israelitas em homenagem ao nome especial que Deus havia dado a Jacó. Muitos anos se passaram, o número de israelitas cresceu e diferentes faraós reinaram. Quatrocentos anos depois, um dos reis ficou muito preocupado porque havia israelitas demais no Egito. E disse a seus conselheiros:

– Estou com medo de que, numa guerra, os israelitas se virem contra nós e se juntem aos nossos inimigos para derrotar o Egito. Precisamos achar um jeito para que eles não fiquem ainda mais numerosos e poderosos.

O faraó decidiu, então, tomar uma atitude drástica: mandou seus soldados prenderem os israelitas e os transformou em escravos. E mandou-os trabalhar construindo cidades e cuidando de plantações.

Mas o número de israelitas continuava crescendo e as famílias se espalhavam por todo o Egito. O faraó, furioso, arquitetou um plano ainda mais perverso. Ordenou que seus soldados encontrassem todos os meninos recém-nascidos e os matassem! É claro que muitas famílias, desesperadas, tentaram esconder seus amados bebês.

Uma mulher, que já tinha uma filha, Miriam, e um filho, Arão, conseguiu ocultar seu bebê por três meses. Mas ele, crescendo, fazia barulho, por isso era difícil escondê-lo. Finalmente, a desesperada mãe pegou um cesto de junco e cobriu-o com betume para ficar impermeável. Colocou nele seu bebê, levou-o até o rio Nilo e o assentou na folhagem alta e grossa da margem para que a água não o levasse. Ela mandou Miriam espiar de longe para ver se o bebê ficaria bem.

Pouco depois, a menina viu um cortejo caminhando rumo ao rio. E se impressionou ao ver uma jovem mulher com roupas majestosas, joias esplêndidas e rica maquiagem, acompanhada de muitos escravos. Era a princesa, que vinha se banhar no rio! A menina percebeu quando a princesa avistou o cesto preso no mato e mandou um servo pegá-lo. Assim que viu o bebê, a princesa percebeu que devia ser um israelita. Quando o tomou nos braços, ele começou a chorar e seu coração se enterneceu por aquela criança faminta e desprotegida. A princesa decidiu, então, ficar com o bebê.

Corajosamente, Miriam se aproximou dela, fazendo uma profunda reverência:

– Quer que eu encontre uma ama de leite para cuidar dele, Alteza? – sugeriu.

A princesa gostou da ideia e a garotinha correu para casa e chamou a própria mãe!

Então, o menino foi criado no início pela própria mãe e, ao crescer, recebeu a educação de um príncipe egípcio.

Como a princesa o amava muito, adotou-o como filho. Ela o chamou de Moisés, que significa "o que saiu das águas", pois o salvara tirando-o do rio.

Êxodo, capítulos 1, 2

A sarça ardente

Moisés cresceu como um membro da realeza egípcia, mas sabia que era um israelita por nascimento. Já moço, não suportava o fato de viver uma vida rica, confortável e livre enquanto seu povo sofria a escravidão. Um dia, quando ainda era jovem, viu um guarda egípcio espancar um israelita e algo novo despertou dentro dele:

Moisés surrou o guarda até ele cair morto a seus pés!

Ele sabia que nem mesmo a princesa seria capaz de salvá-lo de uma terrível punição ou até da morte. Não tinha escolha a não ser fugir. Moisés fugiu para uma região chamada Midiã e se acomodou em uma tranquila vida de pastor. Ele cuidava dos rebanhos de Jetro, o sacerdote da vila, e se casou com a filha dele, Zípora. Os anos se passaram e a antiga vida de Moisés como nobre egípcio parecia ter sido um sonho.

Um dia, estava no campo com suas ovelhas quando viu algo estranho: um espinheiro estava em chamas, mas, era incrível, suas folhas e galhos não se queimavam!

Enquanto Moisés olhava espantado, subitamente uma voz ecoou:

– Moisés, não se aproxime desse lugar sagrado! Eu sou Deus, o Deus dos seus antepassados Abraão, Isaque e Jacó.

Moisés caiu no chão, cobrindo seu rosto com temor.

– Eu vi como o meu povo, os israelitas, sofre no Egito – ecoou a voz. – Mas eu os libertarei da escravidão e os levarei de volta a Canaã, a rica terra que lhes prometi. Quero que você retorne ao Egito e resgate os

hebreus... Convença-os a segui-lo e exija que o faraó os liberte.

Moisés estava chocado.

– Ninguém acreditará que as minhas ordens vêm do meu Deus! – alegou.

Deus então deu a Moisés três sinais poderosos como provas. Primeiro, se Moisés jogasse seu cajado no chão, ele se transformaria em uma cobra! Assim que ele o pegasse novamente, voltaria a ser um cajado. Segundo, se Moisés colocasse a mão dentro de seu manto, ela sairia coberta de feridas de lepra! Se ele a colocasse novamente dentro do manto, ela ficaria curada e saudável.

E, por último, Deus disse a Moisés que, se ele derramasse um pouco da água do rio

Nilo no chão, ela viraria sangue! Moisés estava impressionado, mas, mesmo assim, ainda não se sentia seguro.

– Senhor, como posso ser um líder? – ele perguntou. – Eu nem sei falar em público. Fico vermelho e não consigo pronunciar as palavras. Não há outra pessoa melhor?

– Eu já disse para seu irmão Arão vir encontrar você. Ele pode falar com as pessoas – insistiu Deus.

Moisés correu para casa e explicou à esposa e ao sogro o que Deus havia lhe ordenado a fazer. Para sua surpresa, Jetro acreditou nele. Deus tranquilizou Moisés dizendo que era seguro retornar ao Egito, pois havia um novo faraó no trono.

Então, ele e a esposa arrumaram suas coisas e seguiram viagem.

Quando se aproximaram do Egito, Arão foi se encontrar com eles, como Deus prometera. Os irmãos, há muito separados, correram para se encontrar imediatamente com os anciãos israelitas.

Enquanto Arão explicava que Deus havia mandado Moisés libertar os israelitas da escravidão, este provava o que dizia, demonstrando, na frente de todos, os três sinais poderosos que Deus lhe dera. Como os israelitas ficaram admirados! Eles acreditaram em Moisés e agradeceram a Deus pela ajuda que havia mandado.

Êxodo, capítulos 2 a 4

As nove pragas do Egito

Como Deus havia ordenado, Moisés e Arão solicitaram uma audiência com o faraó. E foram intimados a comparecer diante dele e de todos os conselheiros e magos. Os irmãos então tiveram a coragem de dizer ao faraó:

– Viemos por ordem de Deus para pedir que liberte os hebreus!

O faraó riu e mandou que expulsassem Moisés e Arão. E ordenou trabalhos mais pesados aos hebreus, tornando sua vida ainda mais miserável.

– Eu deixei a situação ainda pior! – disse Moisés a Deus, mas Deus insistiu para que ele tentasse novamente.

Então, mais uma vez, Moisés e Arão se encontraram com o faraó. Dessa vez, Arão jogou no solo o cajado de Moisés, que se transformou em uma cobra, deslizando pelo chão. O faraó fez sinal para seus mágicos, que também jogaram os cajados e esses também se tornaram

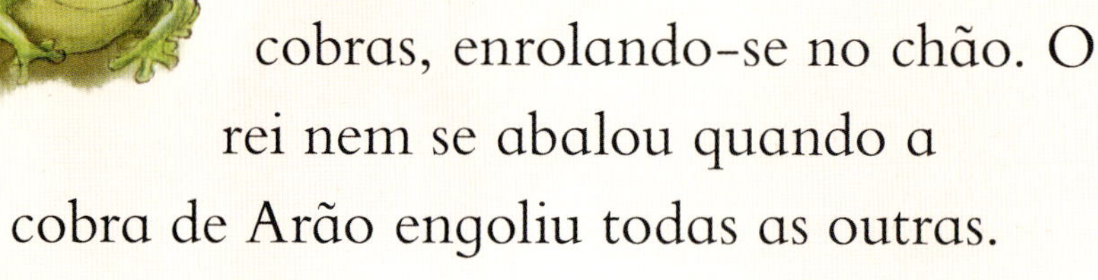

cobras, enrolando-se no chão. O rei nem se abalou quando a cobra de Arão engoliu todas as outras.

– Audiência encerrada! – anunciou friamente.

Moisés ficou desesperado, mas Deus lhe disse o que devia fazer. No dia seguinte, logo cedo, ele e Arão foram ao rio Nilo e esperaram pelo faraó, que lá fazia sua caminhada matinal. Quando o faraó ignorou as novas exigências, Arão roçou a água com seu cajado.

Instantaneamente, as águas do Nilo se transformaram em sangue. O rio ficou vermelho por sete dias. Todos os peixes morreram e não havia água para beber.

Mesmo assim, o desalmado rei permaneceu indiferente.

Então, Deus pediu a Arão que apontasse o cajado sobre o Nilo e milhões de rãs apareceram de todos os lados, de rios, córregos e lagoas.

Por toda parte havia rãs. Em qualquer lugar, viam-se rãs... As pessoas não conseguiam fugir delas! Por isso, o faraó mandou chamar Moisés.

– Diga ao seu deus que faça isso parar e eu deixarei seu povo ir.

Na mesma hora, apareceram tantas rãs mortas que os egípcios precisaram amontoá-las em enormes pilhas malcheirosas.

O faraó, porém, voltou atrás com sua palavra. Então, Deus ordenou a Arão que

batesse o cajado no chão. A poeira fez um redemoinho e bilhões de piolhos saíram voando, cobrindo o Egito. Imediatamente, infestaram todas as pessoas e animais.

Mas o coração do faraó era duro como pedra.

Então, Deus mandou nuvens de moscas para o Egito. Elas escureceram o céu e enegreceram o chão, voando nas cabeças de todos e entrando em suas narinas.

Porém, nenhuma mosca entrou nas casas dos hebreus.

O faraó chamou Moisés e anunciou:

– Eu farei o que você pede se o seu deus nos livrar dessas moscas!

Mais uma vez, assim que as moscas sumiram, o faraó quebrou sua promessa. E Deus mandou uma terrível doença que

matou todos os cavalos, camelos, bois, bodes e ovelhas da terra, menos os que pertenciam aos hebreus.

Ainda assim, o faraó não cedeu. Então, Deus disse a Moisés e a Arão que pegassem um punhado de cinzas e as jogassem para o ar.

Quando o vento soprou as cinzas sobre o Egito, um mal terrível se espalhou, criando feridas em todas as pessoas e animais – menos nos israelitas.

Isso só deixou o faraó mais furioso.

Então, Deus mandou Moisés levantar o cajado em direção ao céu. Um trovão ecoou, um relâmpago brilhou e pedras caíram do céu em tempestades poderosas, destruindo todas as árvores e plantas, exceto os campos dos israelitas.

De novo, o faraó chamou Moisés.

– Chega! – ele gritou. – Faça isso parar e eu farei o que me pede.

Moisés orou e a tempestade se acalmou.

– Eu menti! – anunciou o faraó, triunfante. Virou as costas e foi embora.

No dia seguinte, um vento estranho soprou por todo o Egito, trazendo gafanhotos. Em poucas horas, os insetos haviam comido toda a grama e as folhas, as espigas de milho e as frutas nas árvores.

– Aaaaargh! – gritou o faraó. – Está bem, os hebreus podem ir.

O vento então mudou de direção, levando os gafanhotos para o Mar Vermelho, onde todos se afogaram.

Mas, ainda assim, o faraó não cumpriu sua promessa. Deus então mandou Moisés

estender a mão e o Egito afundou em uma escuridão total por três dias e três noites. O povo, infeliz, tropeçava cegamente. O país inteiro ficou paralisado e mais uma vez o faraó convocou Moisés.

– Os hebreus podem ir e, desta vez, não voltarei atrás com a minha palavra! – ele bradou com os olhos cheios de ódio.
– Desde que deixem todas as suas ovelhas, cabras, camelos e burros.

Moisés consultou o Senhor.

– Não! – ele disse, deixando o faraó pálido de raiva.

– Então saia daqui! – gritou o cruel rei.
– Seu povo será meu escravo para sempre. Se o vir de novo, você morrerá!

Êxodo, capítulos 5 a 10

A primeira Páscoa

Deus então disse a Moisés:

– Mandarei uma última praga sobre o Egito, tão terrível que o faraó ficará feliz em libertar os israelitas. À meia-noite, cada primogênito do Egito morrerá. O filho mais velho do faraó morrerá, assim como o filho mais velho do último servo, até mesmo a primeira cria dos animais.

Ninguém escapará – a menos que seja o meu povo. Eis o que têm de fazer para se salvarem. Cada família deve cozinhar um carneiro e passar o sangue dele no batente das portas. Então eu saberei quais são as casas dos hebreus. Esse dia será para sempre chamado de Páscoa e será celebrado como o primeiro dia do ano. Quando eu passar pela terra esta noite, meu povo será libertado: será este o início de uma nova era.

Na manhã seguinte, só se ouviam no Egito o choro e os gritos das pessoas que encontravam mortos os seus entes queridos. Pessoas e animais tinham dado seu último suspiro em todas as casas país afora, exceto nas casas dos hebreus.

Mais uma vez, Moisés e Arão se viram diante do faraó, que chorava a morte de seu primogênito.

– Peguem seu povo e saiam daqui... – sussurrou. – E nunca mais assombrem as minhas terras.

Por todo o país, os sofridos egípcios estavam tão desesperados para se livrar dos israelitas que até lhes deram ouro, prata e joias para que partissem imediatamente.

E foi assim que mais de seiscentos mil homens, mulheres e crianças se uniram para sair do Egito. Depois de quatrocentos anos de escravidão, os israelitas estavam indo para casa!

Êxodo, capítulos 11, 12

A travessia do Mar Vermelho

O próprio Deus guiou os israelitas na sua travessia para fora do Egito e para além do deserto. De dia, Ele indicava uma coluna de nuvens e, à noite, mostrava uma coluna de fogo para que pudessem seguir.

Quando chegaram às areias do Mar Vermelho, os israelitas perceberam atrás de si uma nuvem de poeira compacta, que se aproximava em grande velocidade.

Era o exército egípcio! No minuto em que o faraó ordenou que os hebreus fossem embora, arrependeu-se de sua decisão. Num acesso de fúria, chamou seus melhores soldados e ordenou que seiscentos dos mais vistosos carros fossem preparados para perseguir os antigos escravos.

Os israelitas ficaram apavorados e procuraram Moisés.

– Você nos tirou da escravidão para morrermos no deserto? – eles gritaram.

– Não tenham medo – disse Moisés ao povo. – O Senhor os protegerá. Esperem e verão.

E Deus explicou a Moisés o que fazer.

Com o exército egípcio aproximando-se cada vez mais, Moisés apressou os hebreus e foi direto para o Mar Vermelho. Então, uma coluna de nuvem soprou sobre o faraó e seus carros, cobrindo-os de areia para que não pudessem enxergar o caminho. Enquanto os egípcios, confusos e frustrados, eram obrigados a diminuir a marcha, Moisés alcançou a margem e levantou sua mão na direção do mar.

Um vento muito forte soprou, quase derrubando os israelitas. O vento uivou e soprou e, com grandes rajadas para lá e para cá, as águas foram divididas! O vento separou as águas para a esquerda e para a direita, em paredes muito altas, e entre elas se fez uma passagem no fundo do mar.

Corajosamente, Moisés marchou na areia, liderando os israelitas entre as duas muralhas de água até chegar ao outro lado.

E, então, veio o exército egípcio galopando atrás deles. Como ficaram apavorados quando viram, bem à sua frente, as águas do Mar Vermelho divididas! Mesmo assim, entraram na passagem enquanto o último dos hebreus alcançava a areia no outro lado da margem.

Quando o faraó e seus carros de guerra chegaram mais perto dos israelitas, Moisés estendeu uma vez mais a mão. Então, as muralhas de água tremeram e tombaram com violência. O Mar Vermelho se fechou sobre os egípcios, afogando todos eles.

Finalmente, os israelitas estavam livres.

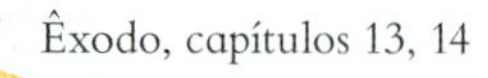

Êxodo, capítulos 13, 14

Os Dez Mandamentos

Os israelitas confiaram em Moisés e o seguiram sem queixas pelo deserto quente e hostil. Depois de três meses, chegaram ao pé do sagrado Monte Sinai. Moisés anunciou que acampariam ali por algum tempo. E explicou que deveriam

preparar-se com orações porque, em três dias, Deus iria falar com eles.

Na manhã do terceiro dia, uma nuvem escura apareceu no topo do monte, escondendo-o. Trovões e relâmpagos encheram o céu. A terra tremeu e a montanha começou a cuspir chamas e fumaça como se fosse uma enorme fornalha. O som de uma trombeta ecoou pelos ares, chamando os assustados israelitas para uma reunião no pé da montanha. Moisés, então, subiu vagarosamente em direção ao topo esfumaçado e flamejante e desapareceu por entre as nuvens.

Por muito tempo, depois de ele ter subido, os trovões continuaram a ecoar e muitos hebreus acharam que era a voz de Deus falando a seu líder.

Quando o barulho finalmente cessou, Moisés desceu a montanha e anunciou que Deus havia lhe dado dez importantes regras de comportamento:

1. *Não adore outros deuses além de mim, o Senhor, o seu Deus.*
2. *Não faça estátuas ou pinturas para adorar.*
3. *Só use meu nome respeitosamente.*
4. *Guarde o sétimo dia de todas as semanas como dia sagrado de descanso.*
5. *Respeite seu pai e sua mãe.*
6. *Não mate.*
7. *Nunca seja infiel ao seu companheiro.*
8. *Não roube.*
9. *Não minta.*
10. *Não tenha inveja das coisas que os outros possuem.*

Deus ordenou que Moisés escrevesse os Dez Mandamentos e várias outras regras também.

No dia seguinte, Moisés construiu um altar no pé da montanha e pediu aos hebreus que jurassem obedecer a essas regras. Então, fez um sacrifício para selar a promessa solene.

Mas Deus queria que os hebreus aprendessem mais e chamou Moisés ainda uma vez ao topo da montanha, onde podiam conversar sozinhos. Os israelitas viram seu líder subir novamente e desaparecer outra vez nas nuvens escuras da montanha.

Ficaram esperando o retorno de Moisés... Olharam e esperaram por longas sete

semanas, mas não havia nem sinal de seu líder.

Preocupados e confusos, eles chegaram à conclusão de que Deus os abandonara e de que Moisés nunca mais retornaria.

– Faça alguma coisa para nós adorarmos – imploraram a Arão. – Precisamos ter algo que possamos ver e tocar.

Centenas de homens e mulheres trouxeram suas joias de ouro para Arão. Ele as derreteu e fez uma estátua enorme de um bezerro, um dos animais sacrificados a Deus.

Para agradar às pessoas e mantê-las sob controle, Arão construiu também um grande altar para o bezerro e declarou que haveria uma festa em sua honra.

O povo estava muito alegre. Pelo menos tinham um deus à sua frente. Um que não era invisível e que não falava com eles através de trovões, dando-lhes listas de coisas que deveriam ou não deveriam fazer. Imediatamente, os hebreus começaram a adorar o bezerro e a lhe oferecer sacrifícios, cantando e dançando ao seu redor.

Enquanto festejavam, Moisés finalmente desceu a montanha. Ele segurava duas enormes placas de pedra nas quais o próprio Deus havia escrito os Dez Mandamentos mais importantes para que ninguém nunca se esquecesse deles ou os entendesse errado.

Moisés já sabia que os hebreus estavam adorando o bezerro de ouro porque o Senhor lhe contara enquanto estavam no alto da montanha. Deus se encheu de fúria e Moisés também. Enraivecido com o que seus olhos viram ao se aproximar do acampamento, Moisés jogou as pedras no chão e elas se quebraram em vários pedaços. Depois, jogou o bezerro de ouro dentro de uma das fogueiras de sacrifício.

– Arão, o que eles fizeram para você permitir isso? – bradou Moisés ao irmão. Então, chamou todos os que estavam do lado de Deus e pediu que ficassem a seu lado. Apenas os homens da tribo de Levi se uniram a Moisés.

Sob as ordens de Deus, ele mandou que cada um pegasse uma espada e matasse todos os demais como punição por seus pecados.

Mais de três mil israelitas foram mortos naquela noite. No dia seguinte, Moisés voltou ao topo da montanha e orou a Deus, pedindo perdão pela maldade e pela fraqueza do Povo Escolhido por Ele.

Êxodo, capítulos 19 a 24, 32

Josué e a Batalha de Jericó

Os israelitas tiveram de lutar contra as tribos das terras de Canaã durante muitos anos. Tanto tempo que Moisés não viveu o suficiente para entrar na Terra Prometida pelo Senhor para o seu povo. Quando percebeu que havia chegado a hora de sua morte, Moisés subiu ao topo de

uma montanha e Deus mostrou a ele a vasta Terra Prometida. Com isso, ele pôde morrer em paz e um guerreiro chamado Josué assumiu o posto de líder dos israelitas.

Deus, então, disse ao novo líder que ele deveria ser audaz e corajoso. Finalmente, chegara a hora de atravessar o rio Jordão, o único obstáculo que ainda os mantinha separados da Terra Prometida. Então, Josué disse a todos que se preparassem para a luta e, enquanto isso, enviou espiões para o outro lado do rio, à cidade de Jericó, a fim de descobrir o que teriam de enfrentar. O rei de Jericó ouvira dizer que inimigos tinham entrado na cidade e enviou tropas para procurá-los. Seus soldados quase descobriram os espiões, mas uma mulher chamada Raabe os ajudou na fuga, em troca da promessa de que o exército não machucaria sua família durante a invasão. Assim, Josué pôde aprender sobre a cidade e sobre a força e a resistência dos muros que a rodeavam. Criou planos de batalha e orou ao Senhor por auxílio.

Certo dia, Josué reuniu os israelitas nas margens do rio Jordão e ordenou que ouvissem com atenção:

– Assim que os sacerdotes que carregam a Arca da Aliança puserem os pés no rio Jordão, as águas irão parar de correr – Josué anunciou. – E enquanto permanecerem segurando a Arca dentro do rio, teremos terra seca e conseguiremos atravessar para o outro lado de modo seguro.

Para espanto e alegria dos israelitas, ocorreu exatamente como descrito por

Josué. Finalmente, o exército de 40 mil homens estava sobre a planície de Jericó, na Terra Prometida.

Os muros da fortaleza da cidade eram altos e grossos, e os portões barravam a entrada deles. Mas Josué ouviu Deus, que disse a ele exatamente o que fazer.

Todos os dias, durante seis dias, o exército israelita teria de marchar em torno dos muros da cidade. Atrás dos soldados, andariam os sacerdotes, com trombetas feitas de chifres de carneiros e carregando a Arca da Aliança.

Para os habitantes de Jericó, essa era uma maneira terrível e misteriosa de demonstração de força.

Eles se perguntavam o que os israelitas estariam tentando fazer. Será que Arca realmente tinha poderes mágicos? Por que marchavam nesse estranho silêncio? Quando atacariam?

No sétimo dia, o silêncio cessou e, em seu lugar, iniciou-se um poderoso ruído. Josué deu ordem aos sacerdotes para tocarem suas trombetas com toda força que possuíam enquanto seu exército marchava seis vezes ao redor dos muros da cidade. Quando a sétima volta começou, Josué pediu para os soldados gritarem o mais alto que conseguissem. Nesse momento, um estrondo se uniu ao estridente som das trombetas: os muros da cidade tremeram. Em seguida, balançaram. Então, com um barulho assustador, desabaram no chão.

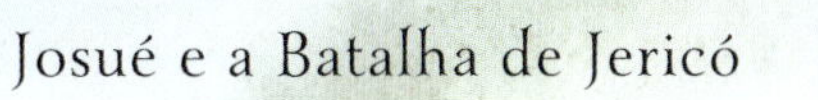

Assim, o exército de Josué entrou na cidade e matou cada homem, mulher e criança que encontrou – exceto Raabe e sua família, como havia sido prometido.

Deuteronômio, capítulo 34; Josué, capítulos 1 a 6

Sansão, o forte

Os israelitas sofreram durante muitos anos nas mãos de um povo chamado filisteu. Porém, um dia, um anjo apareceu para um casal israelita e fez a seguinte previsão:

– Vocês terão um filho que lutará em benefício dos israelitas contra os filisteus.

Vocês devem ensiná-lo a adorar a Deus de acordo com as leis rigorosas dos nazireus e uma dessas leis diz que nunca deverão cortar seu cabelo.

O casal ficou muito feliz quando, de fato, teve o filho. Os pais chamaram o pequenino de Sansão, porém ele não permaneceu pequeno por muito tempo. Deus o fez crescer alto e forte. Sua força era tão grande que, um dia, quando foi atacado por um leão, Sansão matou a fera usando apenas suas mãos!

Para a preocupação de seus pais, Sansão se apaixonou por uma garota filisteia e insistiu em se casar com ela. No dia do casamento, Sansão pediu aos convidados da noiva que resolvessem um difícil enigma. Eles tentaram solucioná-lo durante três dias, mas não chegaram a uma resposta. Importunaram a noiva para que obtivesse a resposta, perguntando a Sansão, e contasse a eles. Sansão descobriu o que sua noiva havia feito e, furioso, matou trinta filisteus e voltou para casa. Quando se acalmou e resolveu reconciliar-se com sua noiva, Sansão descobriu que ela havia se casado com outro! Ele ficou tão furioso que incendiou os campos filisteus. Quando os

filisteus descobriram o motivo de seu ato, incendiaram a casa de sua ex-noiva.

A fúria de Sansão não tinha limites e, com suas próprias mãos, ele matou muitos filisteus antes de voltar para casa.

Dali em diante, Sansão fora considerado inimigo dos filisteus, que exigiram que os israelitas o entregassem, ou enfrentassem as consequências. Os homens explicaram a situação a Sansão, que concordou em ser amarrado e entregue aos seus inimigos. Entretanto, incendiou as cordas e atacou os filisteus, utilizando como arma um osso que estava no local. Matou todos antes de escapar.

O gigante logo se tornou líder de Israel. Governou durante vinte anos, porém o povo filisteu nunca desistiu de capturá-lo.

Certa vez, os filisteus esperaram Sansão chegar à cidade de Gaza. Sabiam que ele partiria na manhã seguinte e planejaram surpreendê-lo nos portões da cidade. Porém, chegando lá, descobriram que tinham sido enganados por Sansão, que havia partido no meio da noite, levado consigo os portões que tinha arrancado!

Os filisteus ainda viram outra oportunidade de se vingar de Sansão quando ele se apaixonou por uma mulher chamada Dalila. Chefes filisteus visitaram-na e prometeram-lhe 5.500 moedas de prata se ela lhes entregasse Sansão. Sempre que ele a visitava, Dalila testava sua grande força e tentava fazê-lo contar o segredo dela. Certo dia, Sansão confessou:

– Meus pais prometeram a Deus que eu nunca cortaria meus cabelos – ele explicou. – Se cortá-los, perderei a proteção de Deus e minha força desaparecerá.

Os olhos de Dalila brilharam. Finalmente ela havia descoberto! Quando foi visitá-la alguns dias depois, Sansão tomou o vinho que ela lhe deu e acabou adormecendo.

E então ela cortou seus cabelos e chamou os filisteus. Porém, isso não foi suficiente para prendê-lo, tiveram que cegá-lo também. Assim, eles o prenderam e o fizeram trabalhar como escravo.

Cerca de um ano se passou e os filisteus davam uma festa em homenagem ao seu deus, Dagon. O templo estava tão cheio que três mil pessoas ficaram em cima do telhado. Havia oração, música, dança, poesia e jogos. Todos estavam muito felizes. De repente, começaram a pedir que Sansão fosse trazido à festa, para que pudessem caçoar do grande ex-chefe israelita.

Em meio a vaias, gritos e insultos, o homem forte e cego foi conduzido ao centro do templo, porém ninguém se deu conta de que seus cabelos haviam crescido

novamente. Enquanto a multidão o vaiava e amaldiçoava, Sansão orava:

– Deus, devolva minhas forças, pela última vez.

Sansão esticou as mãos para a esquerda e para a direita e Deus ajudou-o a encontrar o mármore frio dos dois pilares principais do templo. Em seguida, Sansão gritou com toda força. Ele ofegava, corava e empurrava. Em meio a gritos de terror, os imensos pilares desmoronaram e o templo foi ao chão em ruínas.

E, assim, Sansão morreu, levando milhares de inimigos consigo.

Juízes, capítulos 13 a 16

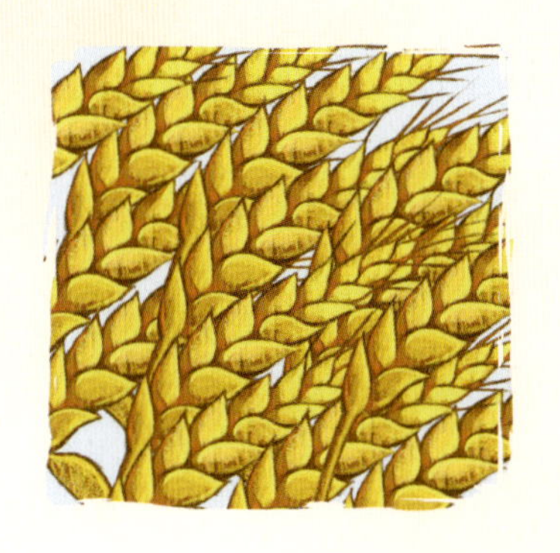

Rute, a leal

Certa vez, a fome assolava Belém. Um homem faminto chamado Elimeleque viajava com a esposa, Noemi, e seus dois filhos para Moabe, onde as condições de vida eram melhores. Subitamente, ele morreu. Noemi e os filhos ficaram angustiados, mas seguiram em frente, pois assim era o desejo de Elimeleque. Os garotos se casaram com as moabitas Rute e Orfa, porém outra tragédia aconteceu: os dois garotos morreram. Noemi ficou inconsolável.

– Voltarei para casa – Noemi disse a Rute e Orfa, mas Rute recusava-se ver a velha viúva tão solitária.

– Aonde for, irei com você – jurou Rute. – Seu povo será meu povo, seu deus será o meu deus.

Agradecida, Noemi sorriu em meio a lágrimas, e ela e Rute partiram juntas em direção a Belém.

Rute e Noemi, muito pobres, lutavam por sua sobrevivência. Certo dia, Rute estava nos campos colhendo sobras de milho quando chamou a atenção do proprietário das terras, um homem chamado Boaz. Ele parou e perguntou quem era ela. Boaz, por acaso, era primo de Noemi e fez o que pôde para ajudar Rute. Deu-lhe então as boas-vindas para colher em seus campos. E disse aos empregados que ela podia beber de seus jarros de água sempre que quisesse e, até mesmo, convidou-a para comer com eles, servindo-lhe o suficiente para levar para casa. Ele até pediu, em segredo, que os empregados deixassem algumas espigas de milho para trás, para que Rute as colhesse.

Dia a dia, Boaz demonstrava gentileza a Rute com pequenos gestos, até que, um dia, Noemi pediu a Boaz que protegesse Rute.

Boaz ficou muito feliz. Como mandava a tradição, ele foi aos portões da cidade e declarou publicamente que cuidaria de Rute e Noemi. Boaz e Rute se casaram e Boaz cuidou de ambas pelo resto de sua vida.

Rute foi recompensada por sua lealdade e carinho com Noemi, que teve uma velhice tranquila. Deus enviou a Rute um filho, Obede, que trouxe felicidade às duas mulheres.

Eles jamais sonharam que Obede, um dia, teria um filho chamado Jessé, e este teria um filho chamado Davi, que um dia se tornaria o maior rei de Israel.

Rute, capítulos 1 a 4

Davi e o gigante

O povo de Israel notou que outras nações eram governadas por reis e queria que, com eles, também fosse assim. O grande profeta Samuel pediu a aprovação de Deus, que ordenou que fosse escolhido um homem chamado Saul, da tribo de Benjamim, para ser o primeiro rei de Israel.

O rei Saul ganhou muitas lutas contra os inimigos do povo israelita, mas nem sempre fazia o que Deus lhe ordenava. Deus disse a Samuel que os filhos de Saul jamais seriam reis e ordenou a Samuel que viajasse até Belém em busca de um pastor de nome Davi, filho mais novo de um homem chamado Jessé. Davi fora escolhido por Deus para ser o próximo rei. Samuel assim o fez. Deu a Davi a bênção especial e disse que, a partir daquele momento, Deus estaria sempre com ele.

O exército do rei Saul lutava constantemente contra o povo filisteu, pois este sempre invadia o território israelita. Aqueles que haviam sido poupados foram chamados para defender suas terras e outros três filhos de Jessé foram para a linha de frente. Certo dia, Jessé enviou Davi com suprimentos para seus filhos. Uma batalha estava prestes a começar e os soldados marchavam em direção ao campo de batalha quando Davi chegou. De repente, todos se viraram e voltaram correndo, apavorados.

– O que está acontecendo? – perguntou Davi a um soldado que passava assustado.

O homem apenas gritou “Olhe!” e apontou para trás de Davi.

Caminhando em direção ao exército filisteu, vinha o maior guerreiro com que Davi poderia sonhar. Ele tinha quase o dobro do tamanho de todo o exército!

– Fujam se quiserem – o gigante berrava.

– Não precisamos lutar se vocês são tão covardes. Mandem-me apenas uma pessoa, para que possamos lutar um contra o outro. Aquele que ganhar tem a vitória a favor de seu povo. Agora, quem será grande o suficiente para aceitar o desafio? – Ele batia sua lança contra o escudo, jogava a cabeça para trás e gritava tão alto que ecoava nos montes como um trovão. Davi ficou indignado.

– Quem ele pensa que é? É um insulto não só a nós, mas também a Deus! – dizia com desprezo. – Deixem-me com ele! Nos pastos, matei leões e ursos quando eles atacavam os rebanhos de meu pai, posso muito bem fazer o mesmo com essa fera! Deus me protegeu antes e me protegerá agora.

– Bom... – disse Saul procurando outros voluntários. Ninguém se manifestou.
– Muito bem, que Deus esteja com você.

Saul insistiu em vestir Davi com sua própria armadura, mas era tão grande que ele mal podia se mover. Então, Davi tirou as vestes e caminhou em direção a Golias, da cidade de Gate, apenas com seu estilingue e cinco pedrinhas em sua bolsa.

O rei Saul e seu exército observavam espantados. O gigante ria à medida que o jovem se aproximava dele. O garoto gritava que mataria Golias em nome de Deus. Permaneceu firme enquanto o gigante corria em sua direção, com um olhar mortal, empunhando sua lança. Davi elevou seu estilingue e atirou de uma só vez...

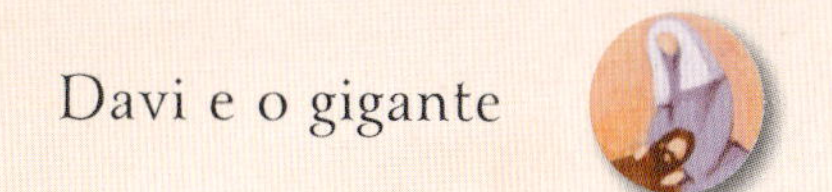

Uma pedra acertou a testa de Golias, levando-o ao chão, morto. Enquanto o rei Saul e seu exército comemoravam, Davi pegou a espada do gigante e cortou sua cabeça com um único golpe. E, assim, os filisteus fugiram e os israelitas seguiram vitoriosos.

1 Samuel, capítulos 8, 9, 16 e 17

Salomão, o sábio

Quando Saul, primeiro rei de Israel, morreu, Davi tomou posse do trono, como era da vontade de Deus. Foi o rei Davi que fez de Israel uma grande e unificada nação, tendo Jerusalém como sua capital. Em meio à grande alegria, trouxe consigo a Arca da Aliança. Ele queria construir um templo glorioso para abrigá-la, mas Deus disse que o filho de Davi, Salomão, terceiro rei de Israel, se encarregaria dessa tarefa.

Salomão tinha vinte anos quando tomou posse do trono. Estava determinado a dar continuidade ao bom trabalho de seu pai, fortalecendo a nação e mantendo a paz com os inimigos de Israel, porém não sabia exatamente como fazê-lo. Sentia que lhe faltava experiência e confiança para ser um bom rei.

Certa noite, Deus apareceu para Salomão em um sonho e perguntou de que forma poderia ajudá-lo.

– Por favor, Deus, dê-me o dom da sabedoria – o rei implorou.

Deus ficou muito feliz. Salomão poderia ter-lhe pedido ouro, uma vida longa, poder

para derrotar seus inimigos ou muitas outras coisas egoístas. Sabedoria para governar bem um povo foi uma excelente decisão e Deus ficou muito feliz em atendê-la.

Não muito tempo depois, duas mulheres que discutiam foram trazidas diante de Salomão para que ele pudesse resolver suas diferenças. As mulheres viviam juntas e, recentemente, ambas tinham dado à luz uma criança. Entretanto, um dos bebês morreu e, agora, cada uma dizia ser seu o bebê sobrevivente.

– Foi o bebê dela que morreu – a primeira insistia a Salomão. – Acha que eu não seria capaz de reconhecer meu próprio filho?

– Não, foi o bebê dela que morreu! – protestava a outra. – Ela roubou o meu filho.

Salomão pediu silêncio e, então, anunciou:

– Tragam minha espada!

Trazida a arma, ele continuou:

– Cortem a criança ao meio, daremos a metade a cada uma das mulheres!

– Nenhuma de nós deve ficar com ele! – gritou uma delas.

A outra desabou em prantos.

– Majestade, por favor! Prefiro que o senhor o dê a ela do que o machuque!

Então, Salomão descobriu que era essa a verdadeira mãe da criança. E todo o povo de Israel tinha certeza de que tamanha sabedoria só poderia ter vindo de Deus.

2 Samuel, capítulos 5 a 7; 1 Reis, capítulos 1 e 3

Salomão, o magnífico

A nação de Israel prosperava com o rei Salomão no poder. Ele mantinha a paz em suas terras e elaborava rotas para que os comerciantes viajassem em segurança. Seu reinado era bom e sábio, e todos se espantavam com seu incrível conhecimento. Salomão começou a realizar o sonho de seu pai, de construir um templo

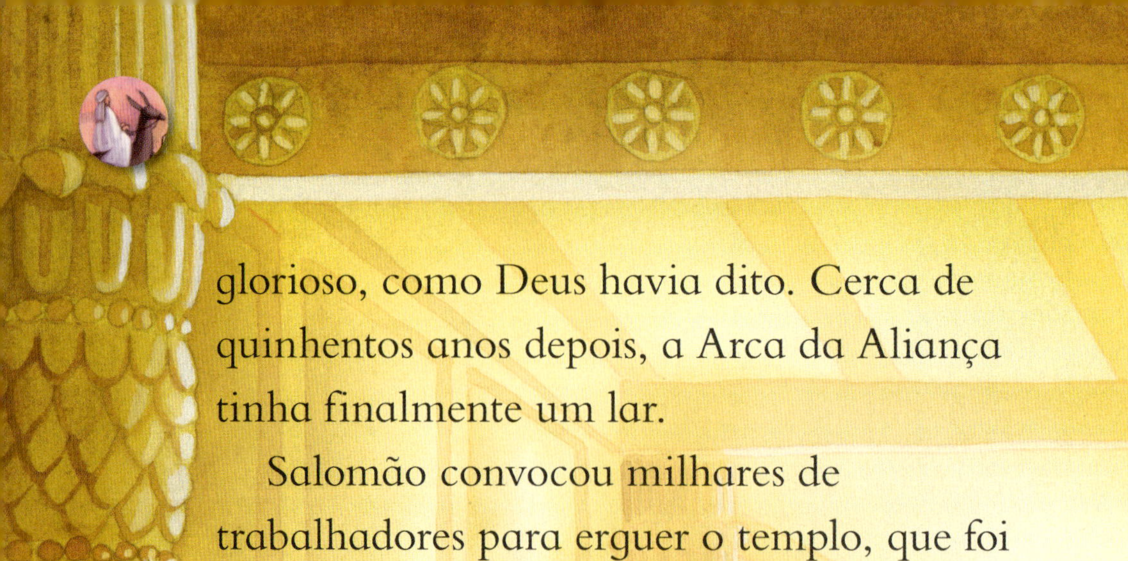

glorioso, como Deus havia dito. Cerca de quinhentos anos depois, a Arca da Aliança tinha finalmente um lar.

Salomão convocou milhares de trabalhadores para erguer o templo, que foi construído com a bela madeira de cedro, vinda das terras de seu amigo Hirão, rei de Tiro, no Líbano. Salomão queria usar apenas os materiais mais nobres e as técnicas mais avançadas, mesmo que isso significasse percorrer grandes distâncias e arcar com gastos com artesãos e materiais de outros países. Os trabalhadores levaram anos construindo pilares de pedra maciça, esculpindo portas enormes e painéis de madeira com anjos e flores bem detalhados, tecendo lindas cortinas e revestindo alojamentos inteiros de ouro, decorados com joias deslumbrantes.

Certo dia, finalmente, Salomão ordenou que o templo fosse revestido de joias e que a Arca da Aliança fosse trazida ao seu novo lar. Tudo foi feito com um cortejo e muita celebração, algo jamais visto antes. À medida que os sacerdotes deixavam o templo, o local era invadido por uma luz tão forte que mal se podia olhar para ela. O rei parou diante do altar, à frente de todos que lá estavam, e orou, agradecendo a Deus e dizendo que Ele sempre estaria com o povo de Israel. Em seguida, iniciou-se uma semana de muita festa.

Os planos de Salomão para o templo continuavam. Ele ergueu um palácio magnífico e construções esplêndidas em Jerusalém e Canaã. Governantes de países distantes viajaram para ver as maravilhosas construções com seus próprios olhos. Até mesmo a rainha de Sabá percorreu mais de dois mil quilômetros pelo deserto, com camelos carregados de especiarias, joias e ouro. Ela estava impressionada, não só com as incríveis construções de Salomão, mas também com a forma sábia com que ele governava o país.

– Louvado seja o seu Deus – ela exclamou –, que deve estar muito feliz com o que tens feito em sua homenagem.

1 Reis, capítulos 4 a 8, 10

Jonas e o peixe gigante

Certo dia, Deus disse a um homem chamado Jonas:

– Vá para a Assíria, até a cidade de Nínive. Lá, fale sobre mim para as pessoas más e faça com que elas saiam do caminho do pecado.

Jonas não dava a menor importância para essas pessoas nem queria saber se tinham ou não encontrado Deus. Ele também não havia gostado da ideia de entrar na capital de uma nação poderosa, que vivia em luta, e dizer para as pessoas que elas estavam erradas. Então, Jonas entrou em um barco na direção oposta à de Nínive, rumo à Espanha.

Assim que a embarcação começou a navegar, Deus mandou uma violenta tempestade. Os marujos ficaram apavorados e começaram a rezar para ser salvos. Mas a chuva continuou a chicotear o barco, e o vento e as ondas o arremessavam para lá e para cá. Então, os

marujos concluíram que alguém a bordo teria sido amaldiçoado. Eles tiraram a sorte e chegaram ao nome de Jonas. Envergonhado, Jonas confessou que desobedecera a Deus ao entrar naquele barco.

– Vocês terão de me atirar ao mar – lamentou-se ele. – É a única maneira de fazer com que a tempestade pare.

Horrorizados, os marujos fizeram o possível para levar o barco à costa. A tempestade ficou ainda mais forte e eles concluíram que havia apenas uma saída – e atiraram Jonas na água.

No mesmo instante, o vento passou, a chuva cessou, as ondas se acalmaram e o barco estava salvo. Deus salvou Jonas também. Em vez de deixá-lo morrer, enviou um peixe gigantesco, que o engoliu. Por três dias, Jonas revirou-se na escuridão do ventre do peixe, rogando a Deus por uma nova chance. Finalmente, para seu alívio, o peixe o vomitou em terra firme.

– Vá para Nínive – disse Deus novamente. – E leve ao povo a minha mensagem. Se eles não mudarem a conduta, destruirei a cidade em quarenta dias.

Dessa vez, Jonas fez o que Deus mandou. Para sua grande surpresa, os assírios o ouviram. O rei de Nínive acreditou na ameaça dele e ordenou ao povo que corrigisse sua conduta. Logo, houve uma diminuição dos crimes. As pessoas passaram a ser mais gentis, pediram perdão, jejuaram e passaram a adorar a Deus. Os quarenta

dias vieram e se foram e Deus deixou a cidade e o povo intactos.

Jonas seguiu seu caminho, sozinho, até o campo.

– Sabia que isso ia acontecer! – lamentou-se com Deus e sentou-se, em protesto. Percorri todo esse caminho, quase me afoguei, fui engolido por um peixe, depois andei por quilômetros para enfrentar pessoas hostis. E tudo isso por nada. O Senhor não puniu ninguém nem destruiu nada.

Deus decidiu dar uma lição naquele homem. Ele havia feito o broto de uma árvore crescer rapidamente bem onde Jonas ficava sentado para descansar à sombra. Porém, no dia seguinte, Deus enviou insetos para comerem a árvore, que murchou e morreu, deixando Jonas sentado sob o sol escaldante. E mandou também um vento desértico para tostá-lo.

– Se, ao menos, minha árvore não tivesse morrido! – suspirou Jonas.

– Bem – disse Deus gentilmente –, se está triste por causa de uma árvore que você não plantou nem cultivou, como acha que eu estaria se a cidade de Nínive tivesse se perdido? Cento e vinte mil pessoas vivem lá, sem falar nos animais.

Jonas finalmente compreendeu que Deus se importa com todos, não só com os israelitas, mas com os animais também. Afinal, não foi Deus quem os criou?

Jonas

Daniel na cova dos leões

Daniel era um conselheiro tão extraordinário que o rei Dario, dos medos e dos persas, colocou-o à frente de todo o seu império. Os outros oficiais ficaram com tanta inveja que tiveram uma ideia que com certeza causaria problemas a Daniel. Sugeriram ao rei que emitisse um decreto ordenando que ninguém poderia orar a qualquer deus ou homem nos próximos trinta dias, exceto ao rei. Se alguém desobedecesse, seria atirado na jaula de leões famintos. O rei achou a ideia ótima e assinou o decreto.

Daniel era um bom e santo homem. Evidentemente, ele continuou a orar para Deus três vezes por dia, como sempre, de frente para a janela, à vista dos que por ali passavam.

Não demorou muito até que seus inimigos o delatassem ao rei. Dario ficou contrariado, mas não podia voltar atrás na sua palavra. Ordenou que Daniel fosse atirado na cova de dez leões.

– Que o seu Deus o proteja – rogou o rei.

Uma enorme pedra foi colocada à entrada da cova e, assim, não havia como Daniel escapar.

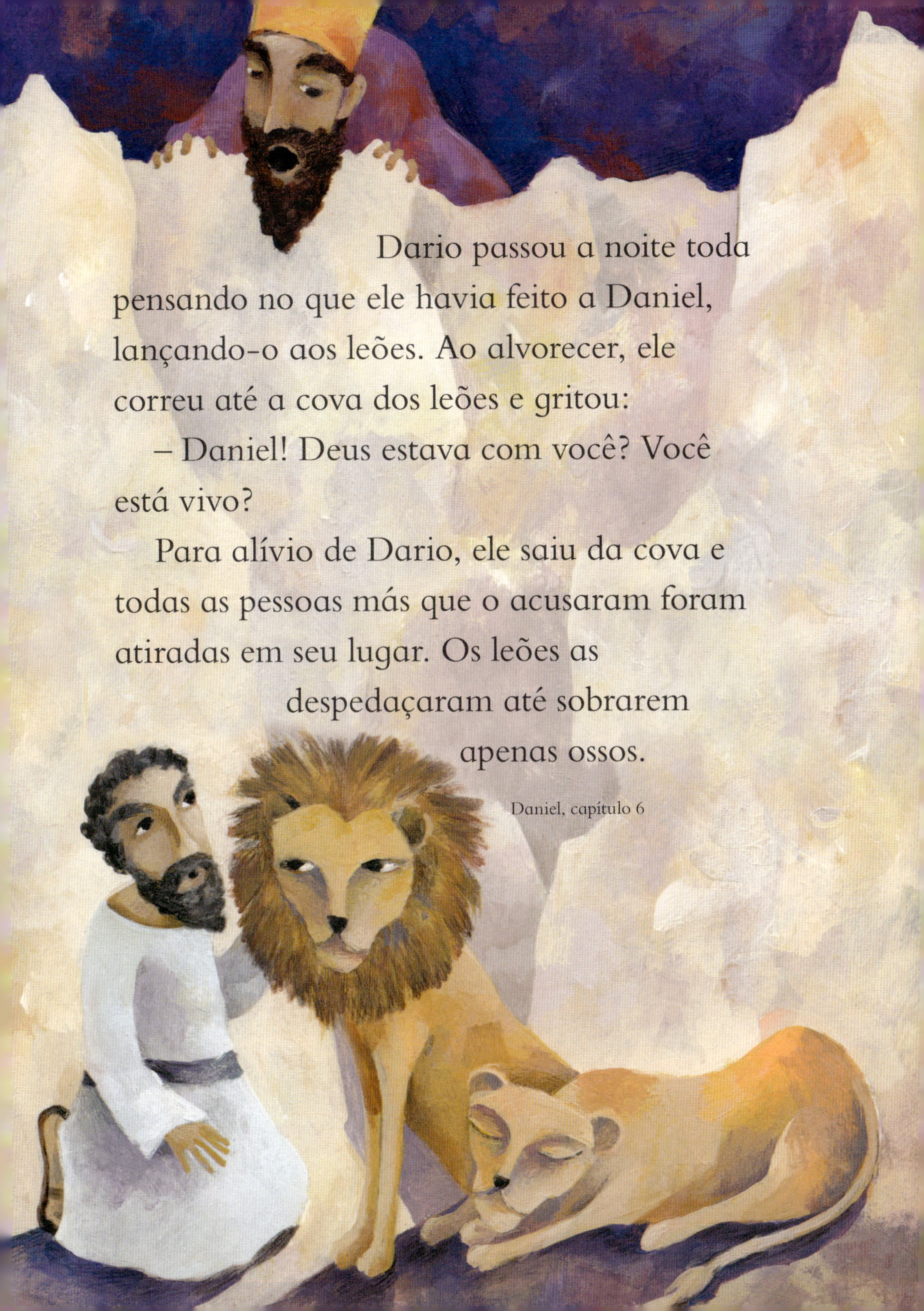

Dario passou a noite toda pensando no que ele havia feito a Daniel, lançando-o aos leões. Ao alvorecer, ele correu até a cova dos leões e gritou:

– Daniel! Deus estava com você? Você está vivo?

Para alívio de Dario, ele saiu da cova e todas as pessoas más que o acusaram foram atiradas em seu lugar. Os leões as despedaçaram até sobrarem apenas ossos.

Daniel, capítulo 6

Ester, a rainha destemida

Xerxes era um poderoso rei persa, cujo império se estendia da Índia à Etiópia. Ele estava tão descontente com sua esposa, Vasti, que, certa vez, anunciou que não a queria mais como sua rainha. E ordenou que jovens bonitas de todos os

cantos do seu império fossem trazidas ao palácio para que ele escolhesse uma nova esposa.

Um dos homens que trabalhavam no palácio real era um velho judeu chamado Mardoqueu. Ele encorajou Ester, sua filha adotiva, a ir ao palácio e participar do concurso de beleza. Mardoqueu não queria que ela contasse que era filha dele e que era judia, pois muitos odiavam os prisioneiros trazidos de Israel.

Ester aceitou o que lhe foi pedido e foi ao palácio. Por um ano, ela foi mimada com tratamentos de beleza e tomou aulas de cuidados pessoais e de como comportar-se para ser uma rainha. Depois que todas as candidatas foram apresentadas ao rei, Xerxes escolheu Ester para ser sua rainha.

Ele logo constatou que ela não era apenas um rosto bonito, passou a gostar muito dela.

Um dia, ela contou a Xerxes que Mardoqueu tinha ouvido dois criados conspirando para matá-lo e ele acreditou piamente. Então, mandou prender e enforcar os dois homens e ordenou que fosse anotado no Livro de Registros oficial que Mardoqueu e Ester tinham salvado sua vida.

Algum tempo depois, o rei Xerxes nomeou um homem chamado Hamã como seu ministro-chefe e ordenou que todos os súditos se curvassem diante dele. Mardoqueu sempre se recusou:

– Não me curvo senão a Deus – insistia o velho homem. Essa desobediência

enfureceu Hamã. Ele estava determinado a vingar-se, não somente de Mardoqueu, mas de todo o povo judeu. Ele disse ao rei que os judeus eram desobedientes e só causavam problemas e que seu reino estaria melhor se mandasse matar todos eles.

– O que achar melhor – disse o rei ao seu confiável ministro, e deu-lhe o selo real para que Hamã assinasse a licença de execução.

Quando Mardoqueu soube do ocorrido, ficou aterrorizado e pediu a Ester que implorasse clemência a Xerxes. Ela colocou suas melhores vestes e foi encontrar o rei, mesmo sem sua autorização, uma atitude pela qual poderia ser condenada à morte. O rei ficou alegre em vê-la e disse que ela podia pedir o que desejasse.

– Tudo o que desejo é que você e Hamã jantem comigo amanhã – disse Ester, de maneira encantadora. E o rei concordou.

Ester serviu um jantar maravilhoso para os homens, com comida deliciosa e conversa agradável em um belo ambiente. Tendo agradado ao marido e ao ministro, Ester convidou-os para outro jantar na noite seguinte, quando ela esperava finalizar seu plano e pedir pela absolvição dos judeus. Mal sabia ela que, naquela mesma noite, Hamã tinha ordenado que uma forca fosse construída no palácio. Era para enforcar o homem que ele odiava, Mardoqueu, o pai dela. Ao mesmo tempo, em outro lugar, o Livro de Registros estava sendo lido em voz alta para Xerxes. O leitor citou o trecho em que Mardoqueu tinha ajudado a desmascarar a trama para assassinar o rei Xerxes, o que o fez lembrar-se de que ele nunca havia agradecido a Mardoqueu por isso. Naquele momento, um criado anunciou que Hamã estava pedindo para ver o rei. Ele tinha ido solicitar a permissão real para executar Mardoqueu.

– Agora diga, Hamã, você faria isso ao homem que deveria honrar? – indagou o rei assim que seu ministro se aproximou.

Hamã tentou esconder um sorriso presunçoso. Pensou que seria ele o homem a quem o rei desejava honrar.

– Tal pessoa deve trajar o manto próprio de um rei e desfilar em um dos seus cavalos pelas ruas como um herói – suspirou Hamã.

– Que ótima ideia! – exclamou Xerxes, maravilhado. – Então é isso que eu quero

que você faça de manhã com o judeu Mardoqueu.

Hamã sentiu-se ultrajado, porém não teve escolha, senão fazer o que o rei havia mandado. Quando chegou ao segundo jantar de Ester, seu semblante estava horrível, enquanto que o de Ester estava lindo.

Nesse momento, a rainha rogou a Xerxes por clemência. Ela confessou ser judia e que haviam sido dadas ordens para que todo o povo judeu fosse morto.

– Quem ousou fazer uma coisa tão terrível? – vociferou o rei, indignado.

– O homem que está sentado ao seu lado – respondeu Ester, calmamente. – Hamã.

Xerxes ficou tão chocado e furioso que, não conseguindo falar, saiu correndo para os jardins do palácio.

Ao retornar, encontrou Hamã ajoelhado aos pés de Ester agarrado à sua saia. Na verdade, ele estava implorando seu perdão, mas parecia estar atacando a esposa do rei. Para piorar a

situação, um dos criados lhe contara que Hamã havia mandado construir uma forca para matar Mardoqueu, justamente o homem que ajudara a salvar a vida de Xerxes.

O rei não tardou a mandar executar Hamã em sua própria forca. Em seguida, enviou mensagens por todo o império, decretando que os judeus deveriam ser respeitados e teriam o direito de se defender quando fosse preciso.

E foi assim que a destemida e bela Ester salvou seu povo, os israelitas.

Ester, capítulos 1 a 8

O NOVO TESTAMENTO

O anjo Gabriel traz boas-novas

Antigamente, vivia na Galileia um velho sacerdote chamado Zacarias com sua esposa Isabel. Ambos eram bons judeus, que sempre procuraram seguir os mandamentos de Deus. Entretanto, eles viviam tristes porque nunca puderam ter

filhos. Um dia, Zacarias recebeu uma honraria especial.

Era sua vez de ir ao altar mais sagrado do grande templo em Jerusalém fazer uma oferta a Deus. Concentrado em suas orações, Zacarias viu surgir um anjo diante de seus olhos. E ficou aterrorizado.

– Não tenha medo – disse o anjo. – Trago boas-novas. Deus atenderá suas preces e as de sua esposa, de súplicas por uma criança. Deus lhes concederá um filho e quer que vocês o chamem João. Seu filho será um homem muito santo e fará um grande trabalho pelo Senhor.

Zacarias ficou estupefato. Será que ele estava realmente vendo e ouvindo um anjo? Mas, mesmo que estivesse, Isabel já tinha passado da idade de ter filhos.

– Tem certeza? – perguntou Zacarias, incrédulo. – Como isso é possível?

– Sou Gabriel, mensageiro de Deus! – disse o anjo com firmeza. – Por não ter acreditado em mim, você permanecerá em silêncio até que isso se concretize. – E o anjo desapareceu tão subitamente quanto apareceu.

Foi grande a surpresa de Isabel quando o marido chegou em casa mudo. Ele teve de gesticular e escrever para explicar o

que tinha ocorrido. Imagine a surpresa de Isabel quando, em pouco tempo, ela descobriu que a previsão do marido havia se realizado: ela estava grávida. Isabel ficou ainda mais admirada quando, seis meses depois, sua prima Maria chegou sem avisar. Isabel, então, soube que Maria também teria um bebê – um bebê realmente muito especial. Inexplicavelmente, Maria sabia que Isabel estava grávida. Exultando de arrebatamento e de felicidade, Maria explicou tudo à prima.

Certo dia, ela estava ocupada com seus afazeres quando, subitamente, o anjo Gabriel surgiu em seu modesto lar na cidade de Nazaré. Foi ele quem contara a Maria que Isabel teria um bebê, mas tinha uma notícia ainda mais importante para ela.

Gabriel lhe disse que Deus a considerava uma pessoa muito especial e que a faria mãe do seu filho. Maria teria um menino e Deus queria que ela o chamasse de Jesus.

– Ele reinará sobre todo o povo do Senhor e seu Reino será eterno – disse o anjo à mulher admirada.

Maria, então, correu imediatamente à casa de Isabel para compartilhar sua alegria com a prima. E permaneceu por lá o mais que pôde para ajudar a mulher idosa em sua gestação. Mas antes do nascimento do bebê de Isabel, Maria teve de retornar à sua casa para preparar a chegada do próprio filho.

Lucas, capítulo 1

Seu nome é João

Chegou o dia em que Isabel deu à luz um menino, exatamente como o anjo Gabriel havia dito. Seus vizinhos e parentes vieram para admirar o recém-nascido. Estavam todos maravilhados com o milagre de Isabel ter sido capaz de gerar um filho na sua idade.

Quando a criança estava com uma semana de vida, a família deu uma festa para oferecê-la a Deus e oficializar seu nome. Todos acreditavam que o casal chamaria o menino de Zacarias, pois era tradição dar ao primeiro filho o nome do pai. Isabel causou um certo alvoroço quando anunciou que o nome da criança seria João.

– João?! – exclamaram os familiares de Isabel. – Não há ninguém em nossa família chamado João. De onde você tirou esse nome?

Voltando-se a Zacarias, perguntaram:

– Você deseja que seu filho leve o seu nome, não? É claro que deseja! Diga isso a Isabel imediatamente.

O pobre Zacarias continuava mudo. Com enorme frustração, ele gesticulou

pedindo algo para escrever. Alguém correu e lhe deu um quadro. Então, ele escreveu em letras grandes e levantou o quadro para que todos pudessem ler.
Estava escrito: O NOME DELE É JOÃO.

Todos lamentaram e, entre os murmúrios, Zacarias percebeu que voltara a falar.

– Minha voz voltou! – exclamou. Obrigado, meu Deus, por tudo o que tem feito por nós.

Não demorou muito para a notícia do que se passara naquela festa se espalhar por toda parte.

Lucas, capítulo 1

O nascimento de Jesus

Na cidade de Nazaré, morava uma moça chamada Maria, noiva de José, o carpinteiro da região. Quando ela contou a José que estava esperando um bebê, ele ficou muito chocado. O filho não poderia ser dele, pois não eram casados. Naquele

tempo, era vergonhoso uma mulher solteira engravidar.

Mas José teve um lindo sonho em que um anjo lhe disse:

– Não tenha medo de se casar com Maria. O filho dela é o filho de Deus. Os profetas antigos previram que Ele viria e salvaria todos do pecado. Crie-o como seu filho. Deus quer que o chame de Jesus.

Depois disso, José se sentiu muito melhor. E percebeu que seria uma honra criar o menino como seu filho. Ele e Maria se casaram logo em seguida.

No entanto, surgiu um outro problema perto da época do nascimento do bebê. O imperador Augusto César pediu um censo de todas as pessoas que viviam em suas terras.

E deu ordens para que todos os homens voltassem para o local em que nasceram, levando a família para o registro de seus nomes. José nascera na pequena cidade de Belém, na Judeia, sul de Israel, que era um pouco longe de Nazaré. Maria estava no final da gravidez e viajar era muito difícil para ela. Mas o casal não tinha outra escolha.

Os dois reuniram o que era preciso para a viagem e partiram. Maria não conseguiria andar o caminho todo, então ia montada em um jumento. Era uma viagem difícil

e cansativa para uma mulher que estava prestes a dar à luz.

Ao chegarem a Belém, estavam exaustos, famintos e sujos. José tentou encontrar um lugar para ficarem e arrastou-se com o jumento e Maria de um lugar para outro. Mas todas as pensões estavam lotadas e a cidade, cheia de viajantes que tinham vindo atender às ordens do imperador.

Enquanto eram mandados embora de um lugar após outro, Maria sentiu que o bebê estava a caminho. Apressado, José bateu à porta da hospedaria mais próxima que encontrou. O dono espreitou pela porta.

– Nem percam tempo perguntando, estamos lotados – disse, assim que viu os dois.

– Por favor, espere. Ajude-nos! – bradou José, impedindo-o de fechar a porta.

– Minha mulher está prestes a ter um bebê. Ela não pode dar à luz aqui na rua! Você não teria um espaço vazio em qualquer canto onde possamos nos ajeitar?

– Bem... – disse o hospedeiro, olhando para a pobre Maria, com dores, sobre o jumento. – Não tenho nenhum quarto vago, mas vocês são bem-vindos no meu estábulo, se não se importarem com os animais.

– Obrigado, muito obrigado! – disse o carpinteiro agradecido, apertando a mão do homem, que lhes mostrou o caminho.

Foi ali, ao lado de jumentos, bois e ovelhas que velavam por ela, que Maria deu à luz um menino que seria o Salvador do mundo. Ela embrulhou o pequeno em panos e o aconchegou em uma manjedoura cheia de palha.

E o menino Jesus ficou aquecido e seguro, com a mãe e o pai adotivo a seu lado.

Mateus, capítulo 1; Lucas, capítulo 2

A visita dos pastores

Na noite em que Jesus nasceu, a cidade de Belém pulsava de gente, mas, nos arredores, os campos estavam silenciosos, a não ser por alguns pastores e seus rebanhos. Os pastores se revezavam, vigiando os animais. E cuidavam para que o rebanho

não se dispersasse e que lobos famintos não o atacassem.

De repente, o céu estrelado iluminou-se sobre os pastores como se fosse dia. Brilhava tanto que os pastores não conseguiam olhar para cima. Eles protegiam os olhos da luz ofuscante quando um anjo apareceu no alto, acima deles. Os pastores se assustaram.

– Não tenham medo – e a voz do anjo soou clara na noite quieta e fria. – Trago notícias maravilhosas para todos na Terra. Nesta noite, nasceu um menino que será o Salvador de todos os homens. Vocês o encontrarão em um

estábulo, em Belém, deitado em uma manjedoura.

O ar se encheu de cantos, os mais bonitos que os pastores já tinham ouvido, e centenas de milhares de anjos apareceram subitamente dos céus.

– Glória a Deus! – eles cantavam. – E paz a todas as pessoas na terra.

Os pastores ficaram paralisados até os anjos terminarem sua canção. Então a música celestial acabou e os anjos sumiram.

– Será mesmo verdade? – os pastores se perguntavam. Nas histórias antigas, há centenas de

anos, os profetas previram que um homem viria para livrar todos do pecado. Eles o chamavam de Messias... Talvez Ele tivesse finalmente chegado.

Os pastores correram para Belém, a fim de o verem com os próprios olhos. Procuraram pelas ruas até ouvir o choro de um recém-nascido no estábulo atrás de uma hospedaria. Lá, encontraram Maria e José cuidando do menino Jesus. Muito animados, contaram para o casal o que tinham visto e ouvido. Maria ficou bem quieta, assimilando tudo.

Os pastores, maravilhados com o menino, tomaram-no como o Messias. Mas eles tinham que voltar para seus rebanhos.

No caminho de volta, só falavam sobre o extraordinário coro de anjos e as palavras que se tornaram verdade. Contaram a todos os que encontraram, louvando a Deus e agradecendo por tudo o que tinham visto.

Lucas, capítulo 2

Um dia especial para Simeão e Ana

Quando Jesus tinha só uma semana de vida, Maria e José fizeram a cerimônia habitual de prometer o filho a Deus e oficialmente dar-lhe um nome. Eles também viajaram de Belém para Jerusalém. Era uma tradição das famílias judias levar o primeiro filho para o templo e lá dar graças

a Deus e sacrificar duas rolinhas ou dois pombinhos.

Em Jerusalém, morava um velho chamado Simeão. Um homem santo, que sempre fez o possível para ter uma vida boa. Deus prometera a Simeão uma recompensa pela vida de dedicação fiel. Prometera que ele não morreria sem ver o Messias, que estava destinado a salvar o mundo. Por anos, Simeão esperou que esse dia chegasse.

Na manhã em que Maria e José levaram Jesus ao templo, Simeão já estava lá. O Espírito Santo de Deus havia falado com ele mais cedo, avisando que finalmente tinha chegado o dia. Simeão correu para o templo na mesma hora. Assim que pôs os olhos no bebê, o ancião soube imediatamente quem Ele era.

– Graças a Deus! – exclamou, segurando o pequeno pacotinho nos braços. – Agora posso morrer em paz porque vi o Salvador que trará glória a Israel e levará a Palavra de Deus a todos na terra.

Maria e José estavam maravilhados.

– Seu filhinho é um sinal de Deus – Simeão continuou –, mas muitas pessoas não vão acreditar no que Ele vai dizer e se voltarão contra ele.

Simeão olhou para Maria com muita pena.

– Por causa disso, um dia, uma tristeza muito grande vai atravessar seu coração como uma espada.

Nessa hora, uma mulher já idosa, que visitava o templo todos os dias, veio ter com eles. Ela se chamava Ana e era uma profetisa.

– Posso ver meu salvador? – ela perguntou.

Àquela altura, as pessoas já se aglomeravam por ali para saber o que estava acontecendo. Maria e José mostraram o bebê e Ana contou aos presentes que o bebê era o filho de Deus e a esperança do mundo.

Mais tarde, quando finalmente saíram do templo, Maria e José estavam muito emocionados com os acontecimentos maravilhosos que tinham presenciado.

Lucas, capítulo 2

Siga a estrela

Lá longe, nas terras distantes do Oriente, viviam alguns sábios. Toda noite eles olhavam para o céu e estudavam as estrelas, tentando entender o que o movimento delas significava para as pessoas na terra.

Uma noite, eles se espantaram com uma nova estrela que apareceu, muito maior e mais brilhante que as outras. Logo consultaram os livros antigos para descobrir o seu significado. Os sábios ficaram muito animados com o que descobriram e tiveram a certeza de que uma grande profecia judaica tinha se concretizado. A estrela era um sinal de que havia nascido o bebê que se tornaria o rei do Povo Escolhido de Deus. Os sábios decidiram sair em busca dele imediatamente. Abasteceram os camelos com suprimentos e seguiram para o deserto, na direção da estrela que brilhava todas as noites no céu. Por fim, chegaram a Jerusalém.

A notícia de que visitantes do Oriente estavam em Jerusalém logo chegou aos ouvidos do rei Herodes, da Judeia.

Os estrangeiros procuravam um recém--nascido, que eles chamavam de "Rei dos Judeus". Claro que Herodes não gostou nada daquilo, já que ele se considerava o único rei dos judeus e não queria que isso mudasse. Certamente não toleraria rumores sobre um rival, principalmente um que apenas cumprisse uma antiga profecia. Isso agitaria o povo, que poderia se voltar contra ele.

O rei Herodes então resolveu lidar friamente com o problema. Primeiro, convocou uma reunião com todos os chefes religiosos judeus para ter mais informações.

– De acordo com os livros antigos, onde o Messias vai nascer? – perguntou, dissimulado.

– Em Belém – os religiosos responderam.

Então, Herodes chamou seus guardas e mandou que encontrassem os visitantes do Oriente e os trouxessem até ele.

– Mas em segredo – ele ordenou. – Não quero que as pessoas pensem que esses visitantes e seus rumores são importantes.

Os visitantes ficaram nervosos ao serem chamados à presença do rei, pois tinham ouvido falar que ele era um líder cruel. Por isso, ficaram espantados ao encontrar um homem educado, interessado e até prestativo em ajudá-los na busca.

– Os anciãos me disseram que vocês não devem procurar em Jerusalém – ele explicou. – Em vez disso, vão a Belém. Quando encontrarem o futuro rei, voltem para me avisar e contar tudo sobre ele.

Também gostaria de adorá-lo. – Os visitantes não imaginavam que o rei Herodes só queria saber onde o bebê estava para mandar matá-lo.

Eles rumaram para Belém seguindo a estrela onde ela aparecia maior e mais brilhante no céu; e era bem acima da casa

onde Maria e José estavam hospedados. Os visitantes ficaram surpresos ao encontrar o bebê em uma casa humilde e não em um palácio grandioso. Curvaram-se para adorá-lo e ofereceram presentes a Maria e José: porta-joias de ouro, pedras preciosas e especiarias raras, como incenso e mirra.

Herodes nunca soube do sucesso dos visitantes. Na véspera da volta para casa, eles tiveram um sonho que os avisava para não procurar o rei.

Por isso, fizeram um caminho diferente para voltar à terra deles no Oriente e Herodes nunca os encontrou.

Mateus, capítulo 2

Fuga do perigo

Depois que os estrangeiros visitaram Jesus, um anjo apareceu em sonho para José, seu pai adotivo.

– Herodes está tentando encontrar o bebê para matá-lo – o anjo avisou. – Leve a criança e Maria para o Egito. Será uma

jornada longa e difícil, mas deixará vocês longe do alcance do rei cruel. Fiquem lá até que eu diga que é seguro retornar.

José acordou assustado. Chamou Maria e disse a ela que se preparasse para viajar imediatamente. Apressaram-se pelas ruas escuras e adormecidas de Belém até a estrada para o Egito.

Enquanto isso, em Jerusalém, Herodes esperava que os sábios do Oriente voltassem e dissessem onde estava o Rei dos Reis. Ele esperou... e esperou... Por fim, percebeu que tinha sido enganado! O rei ficou furioso e gritou para o chefe do exército que seus homens procurassem em todas as casas de Belém.

– Quero que todos os meninos com menos de dois anos sejam mortos imediatamente!

Quando os soldados chegaram a Belém para cumprir a terrível missão, Jesus, Maria e José já estavam muito longe, no Egito. Ficaram lá por alguns meses até o anjo aparecer de novo e dizer a José que Herodes tinha morrido e que era seguro voltar.

Ainda assim, José não levou a família de volta a Belém. A cidade ficava muito perto de Jerusalém, onde um filho do rei agora ocupava o trono. Em vez disso, viajou rumo ao norte, para casa: a pacata cidade de Nazaré, na remota região da Galileia.

Mateus, capítulo 2

Jesus no templo

Todos os anos, na comemoração da Páscoa, os homens judeus visitavam o templo de Jerusalém para orar e agradecer a Deus. José e Maria sempre participavam. Claro que o número de pessoas que seguia para a cidade era enorme. As pessoas lotavam as ruas, hospedarias ficavam cheias e o templo, completamente abarrotado. Como muitos pais com filhos pequenos, Maria e José deixavam Jesus com um parente ou vizinho enquanto celebravam as festas. Mas, quando Jesus completou doze anos, decidiram que era hora de Ele acompanhá-los.

A família viajou para Jerusalém com um grande grupo de parentes e amigos. Quando as festas acabaram, eles se reuniram para voltar para casa. José ia com os homens, Maria, com as mulheres, e Jesus corria para lá e para cá com tantas outras crianças.

Ao final do primeiro dia de viagem, quando o grupo acampou para passar a noite, Jesus desapareceu. Maria e José chamaram pelo filho em voz alta, mas Ele não voltou!

Cada vez mais apavorado, o casal andou para cima e para baixo, descrevendo Jesus para todos e perguntando se alguém o tinha visto. A escuridão chegava rápido.

– Não há nada que possamos fazer hoje à noite, mas assim que amanhecer vamos voltar a Jerusalém e encontrá-lo – José confortou a esposa aflita.

Claro que Maria e José não dormiram, preocupados com Jesus, sem saber se Ele estava a salvo. Ao nascer do sol, Maria e José começaram a fazer o caminho de volta a Jerusalém, perguntando a todos que encontravam se tinham visto um menino de doze anos, perdido. Eles chegaram à cidade e perambularam dois dias pelas ruas movimentadas, mas nem sinal de Jesus.

No terceiro dia, veio o desespero e Maria e José foram procurar no grande templo.

Para espanto deles, encontraram Jesus em um profundo debate com pregadores e anciãos judeus.

– O filho de vocês possui tanto conhecimento dos antigos escritos que mal podemos acreditar que só tem doze anos – disseram os religiosos a Maria e José. – Ele faz perguntas que a maioria das pessoas nem pensaria em fazer e ainda oferece respostas!

Mas Maria e José só queriam saber o que tinha acontecido com o filho.

– Céus, onde você estava? – perguntaram-lhe. – Quase morremos de preocupação!

Jesus respondeu calmamente:

– Vocês deviam imaginar que me encontrariam na casa do meu Pai.

Lucas, capítulo 2

João Batista

João, filho de Isabel e Zacarias, cresceu e se tornou um homem santo. Ele foi morar sozinho no interior da Judeia para pensar em Deus e orar sem se distrair. Vestia apenas uma túnica simples de lã de camelo e se alimentava de gafanhotos e mel silvestre.

Por volta dos 30 anos, João começou a pregar diante de todos os que encontrava.

– Arrependam-se de seus pecados e afastem-se do mal para entrar no reino de Deus, que está próximo!

João era um excelente pregador, as pessoas viajavam especialmente para vê-lo. Gente de todas as classes sociais vinha de vilas, cidades e de Jerusalém também. Desde pessoas pobres e comuns até grupos de judeus poderosos, como fariseus e saduceus, fazendeiros, donos de lojas, cobradores de impostos e até soldados romanos. Normalmente, encontravam João às margens do rio Jordão.

– O que Deus quer de nós? – perguntavam essas pessoas.

João dizia:

– Sejam bons e generosos. Tratem-se com justiça. Não ofendam ninguém, nem com atos nem com palavras.

Os ensinamentos de João eram tão estimulantes que muitos perguntavam se ele era o Salvador, o Messias de quem os antigos escritos falavam.

– Não – insistia João –, mas estou preparando o caminho para a vinda dele.

Uma após a outra, as pessoas contavam para João o que tinham feito de errado, baixando a cabeça envergonhadas. Arrependiam-se de seus pecados, prometiam não repetir os erros e olhar para Deus para viver segundo suas regras. Então, João as batizava nas águas do rio Jordão.

Ele mergulhava as pessoas e dava as bênçãos de Deus para que os pecados fossem lavados e elas, assim, pudessem recomeçar renovadas.

– Eu os batizo com água, mas o homem que virá vai batizá-los com o fogo do Espírito Santo. Ele é tão sagrado que não sou digno nem de desamarrar suas sandálias.

Um dia, no meio da multidão às margens do rio, um homem esperava para ser batizado. João percebeu na hora quem Ele era e disse:

– Não é certo eu batizá-lo! Você é que deveria me batizar.

Mas Jesus insistiu que era assim que Deus queria. Então os dois entraram no rio. Assim que João batizou Jesus, as nuvens acima deles se abriram e uma luz resplandeceu

sobre sua cabeça. Uma pomba desceu e voou sobre Jesus. João soube que era o Espírito Santo de Deus descendo sobre eles. Depois, uma voz soou na mente de cada um, dizendo: “Este é o meu amado filho, com quem estou muito satisfeito”.

Mateus, capítulo 3; Marcos, capítulo 1; Lucas, capítulo 3; João, capítulo 1

A tentação de Jesus

Jesus foi para as terras desertas da Judeia para poder pensar em Deus e no que seu pai queria que fizesse. Jesus estava sozinho, a não ser pelos animais selvagens. Ele orou por quarenta dias e quarenta noites, até ficar fraco por causa da fome e do cansaço.

Foi então que o diabo apareceu para Jesus em pensamento, tentando convencê-lo a cometer um pecado.

– Se você é mesmo o filho de Deus – disse o diabo –, transforme estas pedras em pão.

Mas Jesus se recusou. Ouvira Deus chamá-lo de filho quando João o batizara. Não precisava fazer um milagre para provar isso e sabia que seria errado fazê-lo apenas para deixar a própria vida mais fácil. Mesmo quase morto de fome, Jesus confiou que Deus o protegeria. O diabo ficou bravo e o tentou de novo. Fez com que Jesus sentisse que estava no topo de um grande templo em Jerusalém, olhando para baixo, os pátios apinhados de pessoas indo e vindo.

– Anuncie a todos que você é o filho de Deus – disse o diabo – e depois se jogue daqui. Com certeza os anjos vão segurar você!

Mas Jesus se recusou novamente. Sabia que seria errado pôr Deus à prova daquele jeito. Deus queria ganhar seguidores pelo amor, não por causa de um milagre.

O diabo ficou ainda mais furioso, mas se recusou a desistir. Pela terceira vez, tentou fazer Jesus pecar. Fez com que Jesus sentisse que estava no topo de uma montanha muito alta. Quando olhou para baixo, Jesus viu todos os países do mundo a seus pés.

– Olhe – o diabo sussurrou nos ouvidos de Jesus. – Tudo isso eu posso lhe oferecer, todas as terras e todos os povos de um canto a outro do mundo. Basta você fazer uma reverência e me adorar.

Jesus sabia que muitas pessoas tinham se rendido à maldade de modo a se tornarem governantes poderosos. Mas o reino que o diabo os ajudara a construir era repleto de crueldade e desgraça. E mais, Jesus sabia que apenas um reino duraria para sempre – o Reino de Deus.

– Não! Fique longe de mim! – bradou Jesus. – Adorarei somente a Deus.

O diabo foi derrotado e arrastou-se para longe. Jesus caiu de joelhos, prostrado e completamente exausto, e os anjos vieram em seu auxílio.

Mateus, capítulo 4; Marcos, capítulo 1; Lucas, capítulo 4

O primeiro milagre de Jesus

Depois de orar durante quarenta dias e quarenta noites, Jesus deixou para trás o rio Jordão e as terras do deserto da Judeia, ao sul, e voltou a morar na Galileia, ao norte. Ele sabia que Deus desejava que começasse a ensinar as pessoas sobre o que tinham de fazer para entrar no seu Reino.

Muitos seguidores de João Batista pediam a Jesus para ajudá-los.

Jesus ensinava em locais de devoção judaicos chamados sinagogas.

– Implorem a Deus para que perdoe seus pecados – dizia a todos, como João Batista fazia – para que possam entrar no Reino de Deus, que está chegando.

Logo espalhou-se a notícia de que Jesus era um ótimo orador e Ele passou a reunir seguidores.

Assim que Jesus chegou à Galileia, sua mãe, Maria, disse que eles tinham sido convidados para um casamento em Caná. Seria uma grande festa e as comemorações durariam vários dias.

Sentados à mesa do banquete de casamento, todos se divertiam. Na metade da festa, Maria notou que o vinho estava acabando. Ela sabia que seria uma vergonha para os noivos se não pudessem oferecer mais bebida aos convidados. Então, cochichou algo para Jesus, certa de que Ele poderia ajudar.

– Sinto muito, mas não posso fazer nada – Jesus cochichou de volta. – Não é uma boa hora.

Mas Maria virou-se para os empregados atarefados e disse:

– Notei que o vinho está acabando e meu filho pode ajudar. Façam exatamente o que Ele mandar.

Jesus suspirou e sorriu gentilmente para a mãe. Então, disse aos empregados:

– Encham os jarros vazios com água até a borda. – Eles obedeceram. – Agora sirvam

um pouco em uma taça e levem para seu chefe provar – instruiu Jesus.

Eles assim fizeram, meio preocupados, mas, para seu espanto, o encarregado estalou os lábios, bateu palmas e ordenou que o vinho fosse servido imediatamente. A água se transformara em vinho. E mais que isso: era um vinho excelente, melhor que o anterior. O encarregado aproximou-se do noivo e elogiou o bom gosto e sua generosidade.

Através do poder de Deus Pai, Jesus efetuou seu primeiro milagre. Muitos outros viriam depois.

Mateus, capítulo 4; Marcos, capítulo 1; Lucas, capítulo 4; João, capítulos 1, 2

Jesus vai pescar

Jesus saiu para o mar da Galileia no barco de dois de seus seguidores, Pedro e André, que eram pescadores.

– Joguem as redes na água. Vamos ver se tem peixe hoje – sugeriu Jesus.

– Já sabemos que não tem – Pedro respondeu, desanimado. – Passamos a noite toda aqui e não pescamos nada.

– Bem, por que não tentamos de novo? – Jesus insistiu.

– Acho que não vai adiantar... – Pedro lhe disse. Mas notou um brilho diferente nos olhos de Jesus. – Hum, acho que não faz mal tentarmos outra vez.

André e Pedro baixaram as redes e esperaram... Algum tempo depois, os irmãos as recolheram. Para espanto dos dois, as redes vieram tão pesadas de peixes que mal podiam levantá-las. Atordoados, tiveram de pedir ajuda a um barco vizinho, dos dois filhos de Zebedeu. Tiago e João remaram o mais rápido que puderam para ajudar.

Jesus assistia aos quatro homens trabalhando juntos. Foi preciso toda a força para trazer a enorme rede a bordo.

Assim, o pequeno barco de Pedro e André ficou tão cheio de peixes – que saltavam, brilhantes – e tão pesado, que corria o risco de afundar.

Eles sabiam que era uma pesca incomum. Devia ter acontecido um milagre. Pedro caiu de joelhos diante de Jesus e disse:

– Senhor, não sou bom o suficiente para ser um de seus seguidores. Não devia ter desconfiado de suas palavras.

– Não se preocupe – disse Jesus, gentilmente. – Agora vou ensiná-lo a ser pescador de homens em vez de peixes...

Dali em diante, Pedro, André, Tiago e João ficaram ao lado de Jesus e o acompanharam a todos os lugares.

Mateus, capítulo 4; Marcos, capítulo 1; Lucas, capítulo 5

Jesus convoca ajuda especial

Jesus se tornara tão conhecido que não conseguia ir a lugar algum sem acabar rodeado por uma multidão. Uma vez, teve de escalar uma montanha bem alta para poder ficar sozinho. Lá, Jesus orou para Deus a noite

inteira. Quando voltou na manhã seguinte, escolheu doze homens em meio a seus inúmeros discípulos. Eram os irmãos Pedro e André, os irmãos Tiago e João, um antigo seguidor de João Batista chamado Filipe, o coletor de impostos Mateus, um homem de nome Simão – que fazia parte de um grupo judaico chamado zelote –, outro Tiago e mais quatro: Tomé, Bartolomeu, Tadeu e Judas Iscariotes.

Jesus levou os doze homens para um canto e falou a eles:

– Quero que se tornem meus ajudantes especiais – explicou. – Quero que cada um de vocês vá e pregue para as pessoas tudo o que tenho pregado. Darei a vocês o poder de curar os doentes, como eu.

Não aceitem dinheiro por isso. Nessa jornada, não carreguem nada além da roupa que estão usando, sobrevivam da caridade dos outros. Não será fácil; algumas pessoas vão ignorá-los, outras tentarão impedi-los de espalhar minha mensagem e ainda haverá quem tentará matá-los. Mas Deus sempre estará com vocês, zelando por vocês, e o Espírito Santo do Senhor lhes dará coragem. Se dedicarem sua vida a mim, prometo que terão uma vida nova e mais feliz nos céus.

Assim, durante várias semanas os doze homens viajaram pelo interior ensinando e curando em nome de Jesus.

Mateus, capítulo 10; Marcos, capítulos 3, 6; Lucas, capítulos 6, 9

Jesus, o curador

Por toda parte, as pessoas não demoraram a ficar sabendo de Jesus. Homens, mulheres e crianças se animavam com o que ouviam sobre o fascinante pregador que fazia milagres. Procuravam Jesus, viajando para onde quer que Ele estivesse só para vê-lo com os próprios olhos. Jesus tentava ajudar o máximo de pessoas que podia, convencendo-as a se voltar para Deus.

Uma vez, Jesus tinha acabado de pregar quando um homem se aproximou. Ele sofria de uma terrível doença de pele chamada lepra e ficou muito nervoso por estar tão perto de Jesus. Lepra é uma doença contagiosa e também incurável e muita gente não queria os leprosos por perto. Na verdade, muitas pessoas fugiam quando avistavam um leproso. Jesus não. O pobre homem ajoelhou-se diante dele, a pele deformada e feia por causa das feridas, e disse:

– Sei que poderia me curar, se quisesse.

– Claro que quero – murmurou Jesus, que esticou o braço e colocou as mãos sobre a pele descascada do leproso.

Bastaram alguns momentos para o leproso se recuperar do espanto. Afinal, a maioria das pessoas não o tocaria em hipótese alguma. O homem olhou para os braços e as pernas, passou as mãos pelo rosto e... sim, ele estava curado!

– Não conte a ninguém – disse Jesus. – Vá procurar seu sacerdote para que ele possa comprovar sua cura e fazer uma oferta em agradecimento a Deus.

Em outro momento, Jesus surpreendeu várias pessoas ao ajudar um oficial do exército romano. A maioria dos judeus odiava os romanos porque eles controlavam

Israel. O oficial romano implorou a Jesus que ajudasse seu servo, doente em casa, com muita dor.

– Vou com você até sua casa agora mesmo – Jesus informou ao oficial.

– Não é necessário – o romano insistiu. – Sei que se disser a palavra para que meu servo seja curado, ele se recuperará.

Jesus espantou-se e ficou admirado.

– Nunca conheci um judeu que demonstrasse tanta fé como você – disse. – Muitas pessoas de terras distantes conseguirão entrar no Reino dos Céus, mas muitos da nação de Israel ficarão do lado de fora.

O oficial romano voltou para casa e lá encontrou o servo completamente curado.

Mateus, capítulo 8; Marcos, capítulo 1; Lucas, capítulo 7; João, capítulo 4

Jesus se aproxima dos párias

Um dia, Jesus andava pelas ruas com muitos de seus discípulos quando olhou através de uma janela e viu um homem chamado Mateus. Ele estava ocupado, trabalhando em sua mesa num escritório de coletores de impostos. Jesus achou que ele parecia muito solitário e que deveria ter poucos amigos, se é que tinha algum.

Coletores de impostos eram considerados inimigos porque trabalhavam para os romanos, que governavam Israel e a quem os judeus odiavam e queriam expulsar do país.

Jesus teve pena de Mateus.

– Venha comigo – disse, com um sorriso bondoso.

Mateus sentiu que simplesmente precisava fazer o que estavam lhe pedindo. Levantou-se, deixou o trabalho do jeito que estava e juntou-se a Jesus e seus seguidores.

Depois disso, Mateus não queria perder o novo amigo, tão amável, e mais tarde insistiu para que fosse seu convidado para a ceia. Convidou também alguns dos outros trabalhadores da coletoria de

impostos. A casa de Mateus, em geral tão quieta, encheu-se do som alegre de pessoas conversando em torno de uma refeição agradável.

Quando os fariseus da região souberam o que estava acontecendo, é claro que não gostaram nem um pouco.

– Jesus deveria se sentar para comer com pessoas santas e importantes, como nós – resmungaram –, não com gente comum e traidores sem-vergonha!

– Não vim para me aproximar apenas das pessoas boas. Na verdade, são os pecadores que mais precisam de mim – Jesus explicou.

Jesus tinha ido uma vez a um jantar na casa de um fariseu e não ficara muito bem impressionado. O homem chamava-se Simão e não lhe dera as boas-vindas como se deve. O educado era que o anfitrião cumprimentasse seus convidados com um beijo e lhes desse um pouco de lavanda para se refrescarem.

Também era costume que o anfitrião providenciasse água e algumas toalhas para que um servo ou os próprios convidados pudessem lavar a poeira de seus pés. Simão, o fariseu, não fez nenhuma dessas coisas para Jesus.

De qualquer modo, durante a refeição, uma mulher que vivera uma vida de muitos pecados rastejou até o cômodo. Todos achavam que ela trazia desgraça

e não queriam saber dela. Mas, naquele momento, a mulher se ajoelhou diante de Jesus e implorou por perdão, chorando em silêncio. Suas lágrimas molharam os pés de Jesus e a mulher usou seus longos cabelos para secá-los.

Depois, ungiu-os com um perfume caro que havia trazido.

– Veja – disse Jesus a Simão, o fariseu –, você se considera um homem santo e esta mulher, pecadora; mas ela me fez todas as gentilezas que você ignorou. Pouco importa que ela tenha cometido erros no passado, hoje está realmente arrependida e todos os seus pecados estão perdoados.

A mulher foi embora com o coração em júbilo, decidida a seguir Jesus e levar uma vida boa dali em diante.

Mateus, capítulo 9; Marcos, capítulo 2; Lucas, capítulos 5, 7

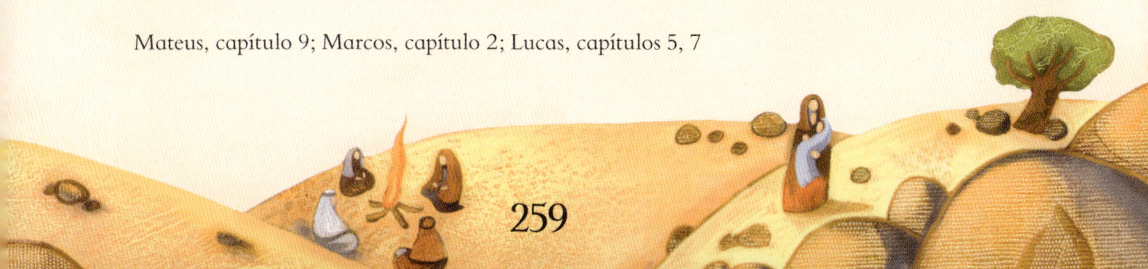

Jesus acalma a tempestade

Jesus passara o dia todo pregando para uma multidão imensa perto do mar da Galileia. A noite se aproximava e Ele estava exausto. Precisava se afastar do povo e descansar.

– Vamos velejar até o outro lado do lago – disse a alguns dos discípulos.

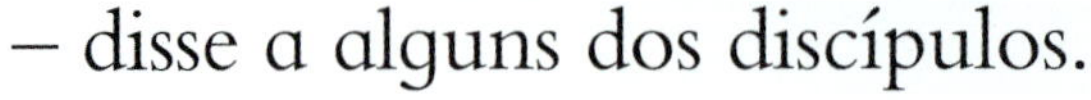

Entraram todos em um barco, afastaram-se da margem e levantaram vela.

Logo o pequeno barco cruzava o mar sob o sol poente. Jesus se reclinou e adormeceu, embalado pelo sobe e desce das águas.

Enquanto sonhava, seus discípulos se assustaram ao ver nuvens escuras se formando. O vento aumentou, encrespando o mar. Rapidamente os discípulos recolheram as velas. O temporal ficou mais e mais forte, formando ondas enormes que levantavam o barco bem alto e depois faziam-no despencar na água, que vinha de todos os lados. Apesar do esforço para tirá-la de dentro do barco, as ondas continuavam ameaçando afundá-los.

Por incrível que pareça, Jesus continuou dormindo até seus discípulos o acordarem.

– Senhor, vamos nos afogar! – gritaram, lutando para serem ouvidos em meio ao lamento dos ventos.

Jesus abriu os olhos e, em pé, abriu os braços, olhou para o céu e bradou:

– Acalmem-se!

Num instante o vento amainou, as ondas diminuíram e as nuvens se dissiparam. Tudo estava em paz novamente.

Os discípulos, porém, continuavam assustados, agora por outra razão. Que homem era aquele que podia dar ordens ao vento e às ondas?

Mateus, capítulo 8; Marcos, capítulo 4; Lucas, capítulo 8

Dois peixes e cinco pães

Houve um tempo em que o rei da Judeia mandou prender João Batista e o condenou à morte. Quando esse amigo querido morreu, Jesus pregava no mar da Galileia e ficou muito triste. Quis retirar-se do meio da multidão que sempre o seguia para poder ficar sozinho por alguns instantes. Assim, Jesus e seus doze discípulos pegaram um barquinho para cruzar as águas. No entanto, as centenas de pessoas que ali estavam para ver e ouvir Jesus correram pela costa e a elas se juntaram outras tantas pelo caminho. Essa multidão esperava por Jesus e seus amigos quando eles chegaram à margem mais distante.

Jesus olhou para aquele monte de gente, muitos doentes e feridos, na esperança desesperada por uma cura. Seu coração se enterneceu.

– Olhem para eles – Jesus murmurou. – São como ovelhas sem um pastor.

Mesmo exausto e tomado pelo luto, Jesus começou a pregar e curar... e ainda conversava com as pessoas quando a tarde começou a cair.

– Senhor, já chega por ora – os discípulos disseram, preocupados com Ele. – É hora de todos irem para casa. Precisamos comer alguma coisa.

– Ninguém precisa ir a lugar algum – Jesus sorriu, cansado. – Vocês serão capazes de arranjar jantar para todos nós.

Os discípulos se entreolharam, confusos. Estavam rodeados por no mínimo cinco mil pessoas. Como Jesus esperava que alimentassem todo mundo?

– Mal temos dinheiro para comprar a ceia para nós mesmos – declarou Filipe.

– A única comida que temos é a que esse rapaz trouxe – acrescentou André, apontando para um jovem que carregava um cesto.

– Ele tem cinco pães e dois peixes, e isso não renderá muito!

Jesus colocou as mãos sobre os pães e os peixes, deu graças e repartiu-os em pedaços.

– Agora dividam-nos entre todos – instruiu.

Os discípulos sabiam que deviam confiar em Jesus, não importava o que acontecesse. Para espanto geral, havia pão e peixe suficientes para todos fazerem uma ceia farta e o que sobrou encheu doze cestos.

Mateus, capítulo 14; Marcos, capítulo 6; Lucas, capítulo 9; João, capítulo 6

Jesus caminha sobre as águas

O dia tinha sido longo no mar da Galileia. Jesus mandou que seus discípulos, fatigados, voltassem para casa enquanto Ele dispensava a multidão que ainda se aglomerava.

– Vai levar um certo tempo até eu conseguir convencer a multidão a ir embora

– disse Ele aos amigos, com um suspiro. – Comecem sem mim. Quero ficar um pouco sozinho e orar. Alcanço vocês mais tarde.

– Mas como irá nos seguir? – perguntaram os discípulos enquanto entravam em seus barcos.

– Não se preocupem, estarei bem – afirmou Jesus, acenando para eles.

Assim que os homens se distanciaram, Jesus dirigiu-se à multidão e disse que estava na hora de todos irem para casa também. Ninguém queria deixá-lo, mas acabaram concordando e se dispersando. Enfim, Jesus ficou só e, então, pôde caminhar até uma colina. Ali Ele encontrou paz e quietude para orar e permaneceu um bom tempo mergulhado em pensamentos, falando com Deus.

Enquanto isso, no mar da Galileia, os discípulos enfrentavam problemas. O vento tornou-se mais forte e formou grandes correntes na água, que batia nos barquinhos. Alarmados, os homens tentaram navegar até a costa, mas, apesar de remarem com toda a sua capacidade, os barcos eram soprados em direção ao alto-mar.

Passaram-se horas. A noite tornou-se mais escura, o vento ficou mais violento e as ondas cresceram ainda mais. Os discípulos reconheceram que estavam perdidos no mar e ficaram amedrontados.

Assim que se encolheram dentro dos seus barcos, desesperados, esperando pela luz do amanhecer, viram um brilho na escuridão.

O brilho chegou mais perto e cresceu, tomando a forma de um homem.

– Um fantasma! – gritaram ainda mais assustados.

Então uma voz chegou até eles, flutuando pelo vento:

– Não tenham medo. Sou eu, Jesus.

Os discípulos ficaram confusos. Seria mesmo o seu amigo e mestre? Ou seria um demônio tentando enganá-los?

Pedro manifestou-se bravamente:

– Se for mesmo o Senhor – gritou ele –, peça-me para que ande sobre as ondas até aí.

– Sim. Então venha – chamou Jesus.

Pedro pôs-se de pé, foi cuidadosamente até a beirada do barco sacolejante e respirou fundo. Os outros discípulos mal podiam acreditar em seus olhos ao ver Pedro pisando fora da embarcação.

Longe de afundar nas águas revoltas, o amigo venceu onda por onda, sobre o mar serpenteante, em direção a Jesus.

Pedro manteve seus olhos fixos em Jesus, não ousando olhar para baixo. Mas, quando estava a poucos passos de Jesus, vencido pela curiosidade, olhou. No instante em que viu a espuma flutuando

sob os pés, sua coragem o abandonou e ele mergulhou na escuridão das águas geladas.

– Ajude-me, Jesus! – gritou Pedro, em pânico. – Estou afundando!

Jesus aproximou-se e agarrou a mão de Pedro, levantando-o.

– Não duvide de mim. Tenha mais fé.

Jesus acompanhou o amigo até o barco. Subitamente o vento se foi e o mar se acalmou.

Os discípulos observavam assombrados.

– Você é mesmo o filho de Deus! – disseram eles, atirando-se aos Seus pés em sinal de reverência.

Mateus, capítulo 14; Marcos, capítulo 6; João, capítulo 6

Uma visita a Marta e Maria

Certa vez, Jesus parou em um vilarejo com o nome de Betânia. Marta, uma mulher que lá morava, chamou Jesus e seus discípulos para descansar e comer em sua casa. Gratos, eles aceitaram o convite. Marta apresentou os homens a sua irmã Maria. Depois, ela mostrou a Jesus e a seus

amigos onde poderiam sentar-se e apressou-se em servi-los. Primeiro ela correu para a cozinha e trouxe vasilhas de água e toalhas para que eles pudessem se refrescar da poeira da estrada. Depois foi buscar jarras de suco e copos para aplacar a sede de todos eles. De volta à cozinha, ela se apressou a preparar tigelas de bebida quente e pratos de comida.

Nesse meio--tempo, Maria se pôs à vontade aos pés de Jesus. Enquanto Marta corria, olhando pelos convidados, Maria, sentada, observava o grande pregador,

ouvindo com atenção cada palavra que Ele pronunciava.

– Maria, seria bom se você me desse uma ajuda – cochichou Marta, carregando outra bandeja de comida.

Mas sua irmã não foi até a cozinha. Sozinha, Marta preparou o jantar para trinta pessoas. E ficou muito desapontada! Afinal, ela também gostaria de sentar e conversar com o famoso pregador e seus doze amigos. Mas alguém tinha de preparar a comida, e sua irmã não o faria. Então, Marta continuou entrando e saindo da cozinha levando saladas, pratos e sobremesas, retirando bandejas e mais bandejas com pratos, vasilhas e copos vazios.

Quando todos acabaram de comer e Marta já tinha limpado tudo, Jesus, os

discípulos e Maria estavam mergulhados na conversa. Marta perdera o início da discussão e, assim, não conseguiu entender sobre o que estavam falando. Seus convidados tinham se espalhado pela sala de tal maneira, que mal havia espaço para ela se sentar.

Como Marta se sentiu rejeitada! Quando olhou para sua irmã, sentada ao lado de Jesus sem ter feito absolutamente nada, sentiu um nó crescer na garganta e lágrimas começaram a inundar-lhe os olhos.

– Senhor – explodiu ela, com frustração –, como pôde deixar minha irmã sentada aqui, preguiçosamente, sem fazer nada? Por que não a mandou levantar-se e me ajudar?

– Minha pobre Marta, muito obrigado pela gentileza – disse Jesus, levantando-se para confortar a mulher contrariada. – Mas você preparou tantos pratos diferentes para nós, quando apenas um teria sido suficiente. Sua irmã optou por prestar atenção em mim da melhor maneira possível, ouvindo. De forma nenhuma eu poderia convencê-la do contrário.

Lucas, capítulo 10

A ressurreição de Lázaro

Um mensageiro trouxe a Jesus notícias urgentes de Marta e Maria, as duas mulheres com quem Ele esteve no vilarejo de Betânia. Seu irmão, Lázaro, estava muito doente e as duas temiam que ele morresse.

Jesus tinha uma forte amizade com os três irmãos e gostava muito deles. Mas, para surpresa dos discípulos, Ele não correu para lá quando recebeu a mensagem.

– Lázaro ficará bem – afirmou Jesus. – Deus fez com que ele adoecesse para mostrar sua força gloriosa por meu intermédio.

Jesus permaneceu onde estava e continuou a pregar e curar por mais dois dias. Finalmente, no terceiro dia, Ele disse aos discípulos que partiria de volta para Betânia.

– Tenho que acordar Lázaro – explicou.

– Mas, Mestre – protestaram os discípulos, bastante intrigados –, se Lázaro está dormindo, não pode acordar sozinho?

– Lázaro está morto – anunciou Jesus calmamente. – E estou feliz por não o ter salvado, pois assim farei um milagre que aumentará ainda mais a sua fé em mim.

Quando Jesus chegou a Betânia, Lázaro

estava morto havia quatro dias. Assim que se aproximou da casa das irmãs, Marta apareceu com os olhos vermelhos.

– Ó Senhor – ela soluçou –, se estivesse aqui, Lázaro não teria morrido. – Marta enxugou as lágrimas e olhou para Jesus. – Mas sei que Deus atenderia qualquer pedido seu – murmurou.

Jesus ficou comovido com a fé de Marta. Encarando-a, perguntou:

– Você acredita que qualquer um que crê em mim e morre viverá novamente? Que qualquer um que crê em mim e vive não morrerá jamais?

– Acredito, Senhor – respondeu Marta.

– Então traga sua irmã e mostre-me onde vocês enterraram Lázaro – disse Jesus gentilmente.

Marta correu para buscar Maria e, ao lado de seus amigos enlutados, elas acompanharam Jesus até a tumba de Lázaro. Ele havia sido sepultado em uma caverna com uma pedra grande fechando a entrada.

– Afastem a pedra – ordenou Jesus. – As irmãs ficaram chocadas.

– Mas, Mestre, ele está morto há quatro dias – disse Marta. – Seu corpo vai cheirar.

Jesus dispensou os protestos. Assim que todos ajudaram a liberar a entrada, Jesus começou a orar.

– Pai, você sempre me ouve e me atende – disse Ele – e eu agradeço de todo o coração. Agora eu lhe peço algo que ajudará a fazer com que todos acreditem que foi você que me enviou.

Jesus fechou os olhos e permaneceu imóvel.

Então, sua voz firme e clara ecoou para dentro da caverna.

– Saia, Lázaro! – ordenou.

Após alguns instantes, todos ouviram um som estranho e uma figura coberta por uma mortalha saiu cambaleante da caverna.

– Não tenham medo, desenrolem seu irmão – Jesus encorajou Maria e Marta.

Mal conseguindo respirar, elas assim fizeram. Lázaro estava vivo e bem novamente.

João, capítulos 11 a 27

Bartimeu, o mendigo cego

Bartimeu era um mendigo cego de Jericó há muitos e muitos anos. Ninguém sabia sua idade ao certo, talvez nem mesmo o próprio Bartimeu, mas todos sabiam quem ele era. Ele podia ser visto sempre no mesmo lugar, sentado à beira da estrada, com sua tigela de esmolas no chão, à sua frente, de

olhos embotados, esperançosamente erguidos a cada um que passava.

Certo dia Bartimeu notou um burburinho que se formava à sua volta.

– O que está acontecendo? – perguntou. – Por que tanta gente por aqui?

– Jesus de Nazaré está chegando – alguém respondeu.

Imediatamente o coração de Bartimeu disparou. Ele ouvira muitas histórias sobre o grande pregador, de como Ele havia dado a visão a centenas de cegos como ele. Jesus curara paralíticos, coxos, trouxera a saúde de volta aos doentes. Havia rumores até de que Jesus devolvera a vida a pessoas mortas.

A multidão agitava-se em torno do cego, que, cambaleante, gritou o mais alto que pôde:

– Jesus! Tenha piedade de mim!

– Fique quieto, Bartimeu! Cale a boca! – diziam as vozes ao seu redor. – Jesus está chegando e queremos ouvir suas palavras.

Mas isso só encorajou Bartimeu a gritar ainda mais alto:

– Jesus de Nazaré, ajude-me! – berrou com uma força que nem ele mesmo imaginava ter. – Estou aqui! Por favor, tenha compaixão!

De repente, a confusão em torno de Bartimeu silenciou e ele sentiu uma mão em seu ombro.

– Estou aqui, meu amigo – disse uma voz suave. – Como posso ajudá-lo?

Trêmulo, Bartimeu respondeu:

– Ó Senhor, faça-me enxergar.

O homem roto sentiu dedos delicados tocarem suas pálpebras. De súbito, a escuridão à sua frente começou a clarear e brilhar até que ele viu vultos, depois formas e cores... Ele podia enxergar! O mundo era incrivelmente bonito e Bartimeu olhou para o rosto sorridente de Jesus.

– Sua fé o curou – disse Ele.

E Bartimeu seguiu-o pela estrada, dançando de alegria.

Mateus, capítulo 20; Marcos, capítulo 10; Lucas, capítulo 18

Jesus ensina por parábolas

Às vezes Jesus pregava sobre Deus e o caminho da felicidade nos céus contando histórias com algum significado oculto, conhecidas como parábolas. Uma vez, contou a parábola do agricultor que semeava pelos campos. Conforme andava, o homem espalhava sementes ao seu redor para que crescessem.

– Algumas sementes caíram pela trilha – disse Jesus – e não afundaram na terra. Os pássaros se precipitaram para o chão, comendo-as. Essas sementes nunca tiveram a chance de brotar. Outras sementes caíram em solo rochoso, cheio de pedras. No princípio, elas brotaram, mas não conseguiram criar raízes fortes e profundas. Sob o sol quente do verão, as plantas jovens não conseguiam tirar água suficiente da terra: murcharam, queimaram e morreram. Em alguns trechos, as sementes caíram em meio a ervas daninhas e espinhosas. A colheita brotou e cresceu, mas os espinhos cresceram mais

rápido e a sufocaram.

Outras sementes, porém, caíram em solo rico e fértil de onde brotaram plantas altas e abundantes.

Na hora, Jesus não contou a seus ouvintes o significado da parábola. Queria que tentassem entendê-la sozinhos, porque só assim realmente refletiriam sobre o que Ele acabara de dizer e não esqueceriam sua mensagem.

Mais tarde, Jesus explicou aos discípulos:

– A semente é a Palavra de Deus. A trilha representa aqueles que ouvem a Palavra de Deus, mas não a assimilam. O diabo irá se precipitar e a tomará, e as

pessoas a esquecerão. A semente que cai em solo pedregoso representa os que ouvem a Palavra de Deus, mas não a assimilam. Quando têm problemas, as dificuldades os dominam. A semente que cai entre os espinhos representa quem escuta a Palavra de Deus, mas é distraído por hábitos e desejos egoístas. Por fim, a semente que cai em solo bom representa as pessoas que levam a Palavra de Deus no coração. Com o tempo, ela cresce e gera frutos.

Jesus avisava a todos para que prestassem atenção a suas parábolas.

– Ninguém compra uma lâmpada e esconde sua luz. Por isso, não ignorem meus ensinamentos. Tudo o que lhes digo um dia se provará verdadeiro.

Mateus, capítulo 13; Marcos, capítulo 4; Lucas, capítulo 8

Uma história de perdão

Jesus contou uma história sobre um fazendeiro que tinha dois filhos. Esse fazendeiro estava ensinando a seus filhos tudo sobre a fazenda. Assim, quando morresse, eles poderiam levá-la adiante. Entretanto, um dia, o filho mais novo aproximou-se do pai com uma ideia.

– Andei pensando, pai – disse ele, nervoso –, estou crescendo e já está na hora de eu conhecer um pouco do mundo. Seria bom se eu recebesse minha parte da fazenda em dinheiro agora.

O fazendeiro amava tanto os filhos que não hesitou em tomar a decisão. Contou centenas de moedas de prata, distribuiu-as em sacolas e entregou-as ao entusiasmado rapaz.

– Obrigado, pai – disse ele, enquanto fazia as malas para partir. – Não vai se arrepender.

E o fazendeiro, com lágrimas nos olhos, viu seu filho mais novo sair de casa.

Por um tempo, o filho do fazendeiro teve uma vida maravilhosa, digna de um príncipe. Visitava as melhores cidades, comia fora todas as noites e frequentava festas. Vivia cercado de pessoas que queriam ser amigas. Mas o problema é que essas mesmas pessoas o ajudavam a gastar todo o dinheiro. Quando o dinheiro se foi, os amigos também sumiram. O jovem sentiu-se só e longe de casa, sem ter pelo menos alguns centavos para comprar um pedaço de pão. Para piorar a situação, uma terrível estiagem arrasou a terra, causando grande escassez. O filho do fazendeiro nem podia implorar por comida, porque ninguém tinha o suficiente para si. Felizmente, ele conseguiu um emprego como guardador de porcos. Mas o salário era insignificante. Depois de pagar o aluguel, mal lhe sobrava dinheiro para comprar comida. Às vezes ele sentia tanta

fome que quase comia a ração dos porcos!

Certo dia, ele decidiu que já era demais.

– Quero voltar para casa – gemeu o rapaz. – Implorarei a meu pai que me perdoe por ter sido tão idiota. É certo que ele ficará furioso, mas, se eu rastejar, talvez ele me deixe ficar e trabalhar como um de seus empregados.

Miserável e arrasado, o jovem chegou em casa e mal pôde crer na alegria de seu pai ao vê-lo.

– Preocupei-me com você e senti sua falta todos os dias – choramingou o pai ao abraçá-lo.

Envergonhado, o filho soluçou e contou ao pai o que havia ocorrido.

– Não importa – respondeu o pai, para espanto do filho. – Você está de volta ao lar evestamos juntos novamente. Isso é o que interessa.

Mais tarde, o filho mais velho chegou em casa, depois de um dia duro de trabalho no campo, e encontrou o maior rebuliço. Uma festa foi preparada e os vizinhos convidados para comemorar. Havia música, dança e as pessoas tomavam vinho.

– O que está havendo aqui? – ele perguntou e um dos criados explicou o ocorrido.

O fazendeiro sacudiu o filho mais velho e rodopiou com ele.

– Alegre-se – gritou. – Seu irmãozinho está de volta!

– O que quer dizer com "alegre-se"? – grunhiu o filho mais velho, furioso. – Fiquei com você todos esses anos, trabalhei à exaustão, e você sequer me disse um "muito obrigado". Agora ele aparece, depois de ter gasto a maior parte da sua fortuna, e você está celebrando como ele é maravilhoso!

– Você não imagina o quanto sua lealdade significa para mim – disse o pai ao mais velho, trazendo-o para perto em um abraço. – Tudo o que tenho é seu. Mas hoje é dia de alegrar-se, pois seu irmão, que estava perdido para sempre, retornou ao lar.

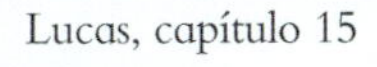

Lucas, capítulo 15

O fariseu e o cobrador de impostos

Fariseus eram judeus criados para viver de acordo com preceitos religiosos muito rígidos. Eles acreditavam que seu modo de vida era o correto – e o único – e que todos os que não seguiam suas regras não eram tão bons quanto eles. Entretanto, Jesus

advertia os fariseus com frequência, ao dizer-lhes que cometiam todo tipo de pecado sem se dar conta disso. Um dos pecados era menosprezar os outros e Ele contou uma história para tentar fazer com que os fariseus pensassem no assunto.

– Dois homens entraram no templo para rezar. Um era fariseu – os fariseus no meio da multidão sorriram presunçosamente – e o outro, um cobrador de impostos. – O povo vaiou e assobiou à menção dos traidores que trabalhavam para os romanos. – O fariseu caminhou diretamente até o centro do templo – Jesus continuou –, onde tinha uma visão geral de todas as pessoas. Suspendeu os braços, ergueu os olhos ao paraíso e orou em voz alta e firme, para que todos pudessem ouvi-lo claramente.

– Graças, ó Senhor – disse ele –, por me ter feito melhor que os meros pecadores. Obrigado por não me ter feito um mentiroso ou um trapaceiro como a maioria das pessoas. Obrigado por me dar forças para jejuar duas vezes por semana e generosidade para doar parte dos meus ganhos à caridade. Obrigado por não me ter feito mesquinho como esse cobrador de impostos que está logo ali.

O cobrador de impostos estava escondido atrás de uma coluna, à sombra, fazendo de tudo para não ser notado. Ajoelhou-se, baixou a cabeça e sussurrou:

– Senhor, sou um pecador. Peço perdão mesmo não sendo merecedor de sua piedade.

– Dessa vez – completou Jesus –, foi o coletor de impostos que voltou para casa com a bênção de Deus. Porque aqueles que se colocam nas alturas um dia cairão e os que se consideram menores um dia crescerão.

É claro que os fariseus não gostaram nem um pouquinho desta história.

Lucas, capítulo 18

A parábola da moeda perdida

Apesar de tudo o que Jesus dissera a seus seguidores, muitos acreditavam que Ele alcançaria o Reino de Deus formando um exército que marcharia contra os romanos. Jesus sabia que não venceria nenhuma revolução terrena. Na verdade, Ele seria preso, julgado e executado. O

Reino dos Céus viria no fim dos tempos, após o dia do julgamento, e somente Deus sabia quando isso aconteceria. Então, Jesus contou uma parábola que Ele esperava que ajudasse as pessoas a fazerem o melhor com o que Deus lhes deu enquanto aguardavam.

– Certa vez, um príncipe teve que viajar para longe para reivindicar um reino a que tinha direito – começou Jesus. – Antes de partir, ele chamou três dos criados mais confiáveis e pediu-lhes que cuidassem de sua propriedade enquanto ele estivesse fora. Ao primeiro criado, ele deu cinco sacos de ouro. Ao segundo, dois sacos e, ao terceiro, um. "Usem meu dinheiro com sabedoria", recomendou-lhes.

"O príncipe partiu e passaram-se anos. Finalmente ele voltou, já como um grande

rei. 'O que fizeram com o meu ouro?', perguntou aos criados. O primeiro criado negociou os cinco sacos e lucrou mais cinco. O rei ficou maravilhado e fê-lo governador de dez novas cidades suas.

"O segundo criado aplicou os dois sacos no banco, que duplicaram com os juros, o que resultou em quatro sacos. O rei ficou satisfeito e fê-lo governador de cinco novas cidades.

"O último criado enterrou o saco de ouro na terra. 'Quer dizer que não fez nada com o meu presente?', gritou o rei, furioso.

'Você não o usou para nada?'. O rei voltou-se a seus guardas. 'Tirem o ouro deste homem e levem-no daqui', ordenou. 'Entreguem o ouro ao criado que já tem dez sacos. Aqueles que se esforçam serão recompensados, enquanto aqueles que não são perderão o pouco que têm.'

Mateus, capítulo 25; Lucas, capítulo 19

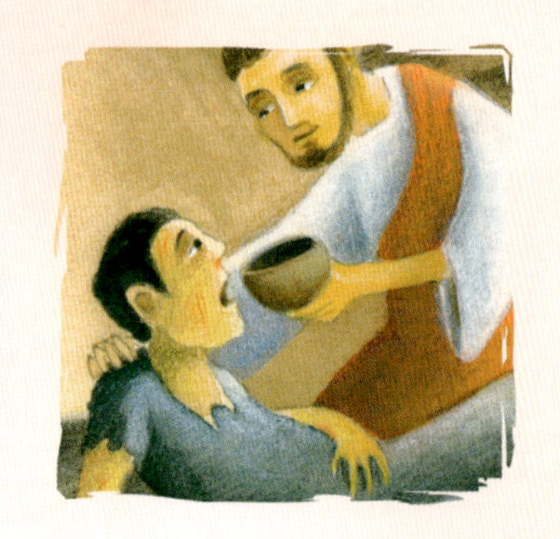

O bom samaritano

Jesus sempre surpreendia as pessoas por conhecer as leis judaicas de trás para a frente. Muitos líderes religiosos e homens santos, que passaram a vida inteira estudando as leis, tinham inveja da sabedoria de Jesus. Então, eles faziam perguntas enganosas para tentar pegá-lo.

Certo dia, um jurista perguntou a Jesus:

– O que faço para alcançar a vida eterna?

– O que a lei manda fazer? – devolveu Jesus, com simplicidade.

– Temer Deus com todo o meu coração e alma e amar meu próximo como a mim mesmo – respondeu o jurista, presunçoso, exibindo seu conhecimento.

– Exatamente – disse Jesus. – Se você já sabe, por que me pergunta?

– Mas quem é meu próximo? – perguntou o homem, certo de que havia feito uma questão difícil demais para Jesus responder.

– Deixe-me contar-lhe uma história – disse Jesus, sem um momento de hesitação. – Havia, certa vez, um homem que viajava pela estrada de Jerusalém rumo a Jericó.

De repente, um bando de ladrões surgiu de trás de umas pedras e o atacou. Não havia ninguém por perto que pudesse ouvir os gritos de socorro do viajante. Os bandidos bateram nele, roubaram todos os seus pertences e o largaram para morrer.

"Passado algum tempo, um sacerdote veio andando pela estrada – continuou Ele –, e perguntou a si mesmo o que um monte de farrapos estaria fazendo no meio do caminho, aproximando-se para dar uma olhada. Assim que o sacerdote percebeu que o amontoado era, na verdade,

um homem deitado e
sangrando na poeira,
rapidamente passou
para o lado oposto da
estrada. Ele não queria
saber o que tinha
acontecido nem ter
algo que ver com aquilo.

– Como pode um homem
tão santo deixar de ajudar um
necessitado? – indagou o jurista.

– O homem seguinte a se aproximar era um levita – continuou Jesus.

– Esse homem certamente ajudará – afirmou o jurista. Os judeus da tribo de Levi eram tão tementes a Deus que os sacerdotes eram sempre escolhidos entre eles.

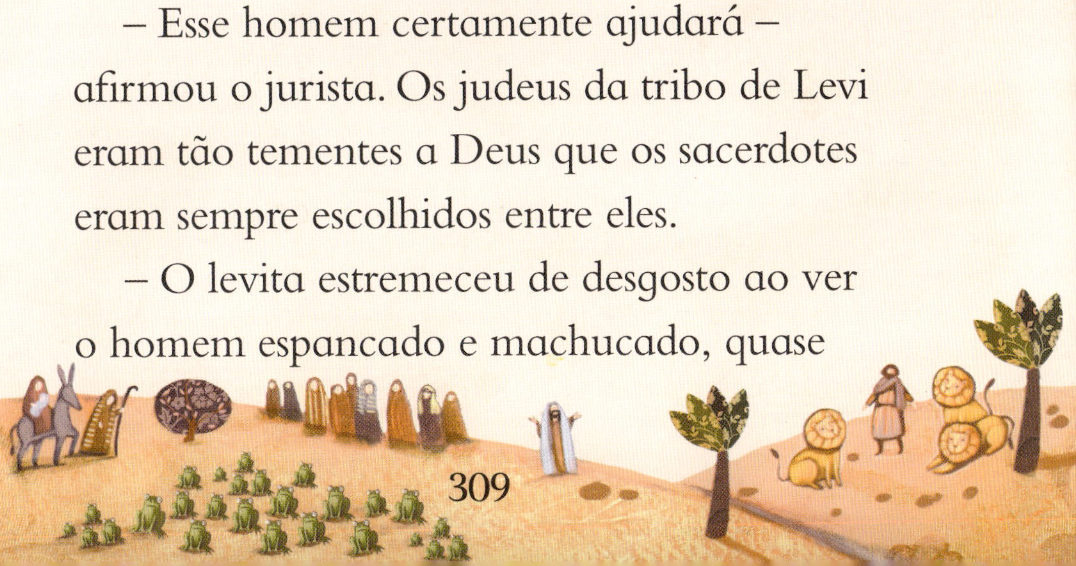

– O levita estremeceu de desgosto ao ver o homem espancado e machucado, quase sem vida – continuou Jesus. – Assim como o sacerdote antes dele, este também atravessou a estrada e seguiu adiante.

Dessa vez o jurista ficou realmente chocado. Um santo levita deveria fazer diferente.

– Em seguida, passou um samaritano – disse Jesus.

O jurista estremeceu. Os samaritanos eram o povo enviado para viver em Israel quando os judeus foram escravizados pelos babilônios. Os judeus odiavam os samaritanos por terem tomado sua terra. E também os desprezavam por não serem o Povo Escolhido por Deus e por não o adorarem. O jurista achou que o samaritano provavelmente se aproximaria para ver se havia algo mais para roubar!

Mas Jesus continuou:

– O samaritano ficou chocado ao avistar o moribundo e apressou-se para ajudá-lo. Primeiro ofereceu água ao pobre homem, montou-o em seu burro e correu até a cidade mais próxima. Lá, pagou a um estalajadeiro para cuidar dele até que se sentisse melhor.

O jurista estava embasbacado.

– Então, qual dos três viajantes você diria ser o próximo do homem agredido? – perguntou Jesus.

– Aquele que o ajudou – afirmou o jurista.

– Certo – disse Jesus. – Agora vá e comporte-se como um samaritano.

Lucas, capítulo 10

Jesus e as crianças

Certa vez, os doze discípulos estavam viajando com Jesus por uma estrada. Mas foram ficando para trás e começaram a provocar uns aos outros. A discussão era sobre qual deles seria o maior no Reino dos Céus. Achavam que Jesus não os pudesse ouvir, mas Ele ouviu.

Eles diziam algo como:

– Bem, eu serei o mais importante de todos porque sou o amigo mais antigo de Jesus...

– Eu é que serei o mais notável porque realizei mais milagres...

– Não, tenho certeza de que serei eu, pois sou eu que oro mais vezes.

Jesus não os interrompeu, apenas ouviu cada palavra. Porém, mais tarde, quando chegaram ao seu destino e sentaram-se para descansar, Ele perguntou:

– Então, sobre o que falavam na estrada?

Os discípulos sentiram-se envergonhados ao pensar que Jesus os ouvira tentando superar uns aos outros. Nenhum deles admitiu nada, mas Jesus sabia.

– Se realmente desejam ser os melhores aos olhos de Deus, vocês precisam colocar os outros na sua frente – disse Jesus aos homens ruborizados.

Depois Ele se aproximou de uma menininha que passava e trouxe-a para si.

– Vocês devem ser como esta criança – disse Ele –, devem ter valores simples e sinceros e sentir prazer genuíno em ajudar os outros. Nunca menosprezem as crianças, pois elas são desinteressadas e gentis. Elas estão entre os melhores no paraíso.

Não demorou muito para os discípulos esquecerem o que Jesus lhes dissera. Algumas semanas depois, Ele tinha pregado o dia todo, quando um grupo de pessoas com crianças pequenas aproximou-se para pedir sua bênção. Algumas crianças achegaram-se aos seus pais, enquanto outras, mais travessas, chamavam a atenção de Jesus. Seus discípulos estavam certos de que isso aborreceria o pregador fatigado e começaram a enxotar os pequenos.

– Deixem vir a mim as crianças – Ele pediu. – Afinal, é delas o Reino dos Céus.

Jesus ergueu a menor das crianças e deixou que as outras subissem no seu colo, abençoando todas elas.

– Se vocês não forem puros e de coração aberto – advertiu –, jamais verão Deus.

Mateus, capítulos 18, 19; Marcos, capítulos 9, 10; Lucas, capítulo 9, 18

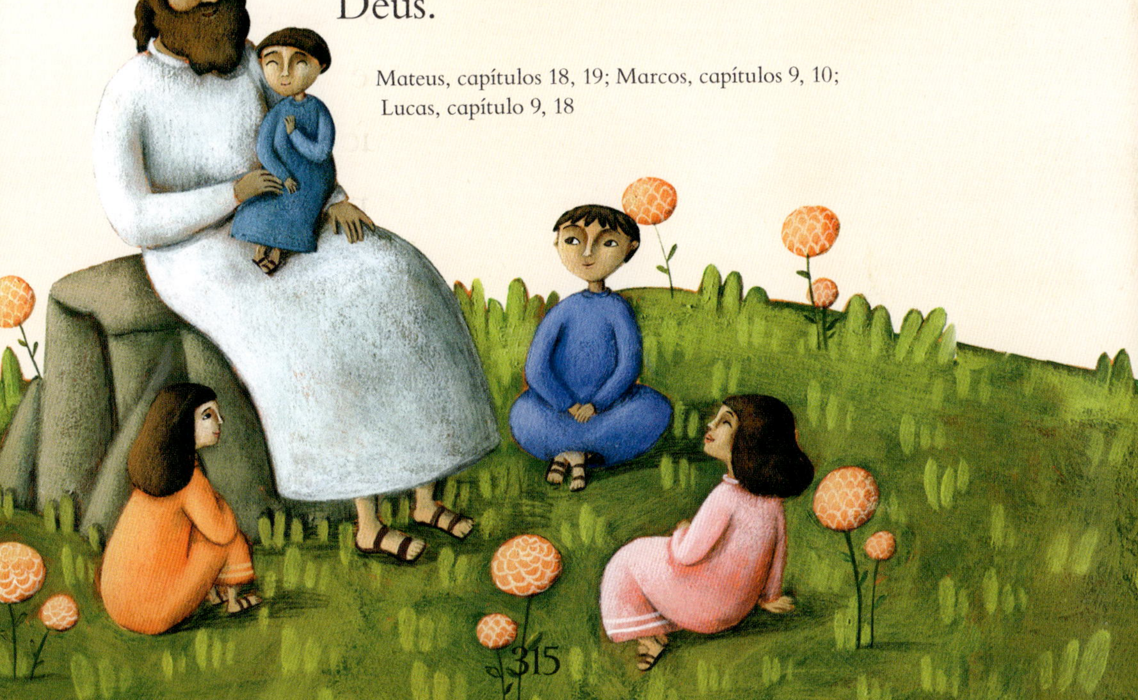

Jesus, o bom pastor

Certa vez, Jesus disse a uma multidão que se reuniu para ouvi-lo falar:

– O que deve fazer um pastor se lobos atacarem suas ovelhas? Se for um pastor contratado, que faz seu trabalho apenas por dinheiro, não ficará para lutar contra os lobos. Fugirá para salvar-se e deixará que as ovelhas sejam devoradas. Eu não sou como

esse pastor, eu sou o bom pastor. Cuidarei de minhas ovelhas, mesmo que tenha de morrer por elas. Tenho rebanhos em outros lugares também, os quais devo reunir para cuidar de todos os animais juntos. Minhas ovelhas conhecem a minha voz, elas me ouvem e hão de seguir-me aonde eu for. Porque abdicarei inteiramente da minha vida por elas – por amor, não por outra recompensa –, pois Deus me ama e me devolverá minha vida novamente.

Muitos dos ouvintes ficaram intrigados com essas palavras.

– Ele deve ter enlouquecido – concluíram. – Seria o demônio falando por seu intermédio?

Mas outros sabiam que Jesus estava tentando fazê-los compreender algo importante.

– É claro que Ele não está louco! – insistiram os últimos, mesmo não sabendo o que Jesus queria dizer. – Como poderia alguém possuído pelo demônio curar pessoas tão milagrosamente?

O que Jesus pretendia que soubessem é que Ele realmente se importava com eles. Não apenas com o povo judeu, mas com qualquer pessoa que quisesse seguir Deus. Dizia também que estaria pronto para morrer por eles se fosse preciso. O que Ele explicava é que somente amando a todos e desejando ajudar os outros é que Deus nos recompensaria com uma nova vida.

João, capítulo 10

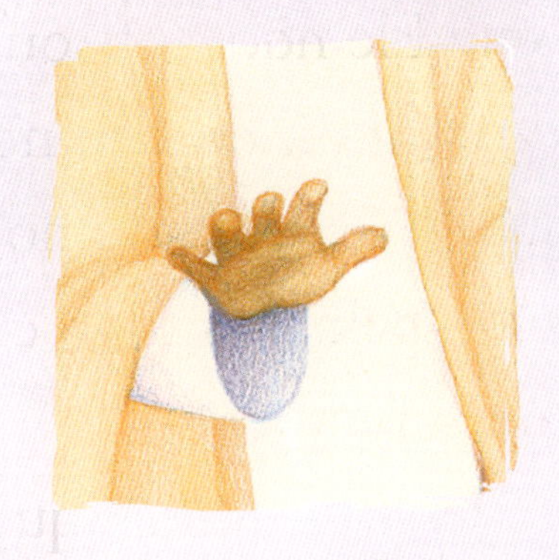

Jesus alerta sobre o futuro

Em um dos raros momentos em que estava a sós com seus discípulos, caminhando por uma estrada, Jesus aproveitou a oportunidade para conversar com eles.

– Algumas vezes, chamo a mim mesmo de Filho do homem – Ele começou. – O que acham que eu quero dizer com isso?

– Algumas pessoas acreditam que você é João Batista – disse um dos discípulos.

– Ou o profeta Elias ressuscitado – sugeriu outro.

– Ou um profeta maior – disse o terceiro.

– Mas quem vocês acham que eu sou? – Ele perguntou.

– Creio que seja o Messias, filho do Deus vivo – anunciou Pedro com firmeza.

– Você é abençoado por Deus – disse Jesus a Pedro. – Seu nome significa "pedra" e você é a pedra sobre a qual construirei minha igreja. Darei a você as chaves do Reino dos Céus e o que for unido por você na terra será também unido no céu.

Jesus virou-se para todos e disse:

– Devo alertá-los de que tempos difíceis virão. Está chegando a hora de eu ir a Jerusalém, onde sofrerei muito. Logo serei morto.

Os discípulos ficaram ofegantes, mas Jesus ergueu as mãos a fim de silenciá-los.

– Entretanto, três dias depois, ressuscitarei.

Os discípulos se maravilharam.

– Estão prontos para me seguir, diante das dificuldades, e até mesmo morrer por mim? Caso estejam, não poderei recompensá-los neste mundo, mas prometo-lhes alegria no próximo.

Assim, os amigos de Jesus prosseguiram com o coração pesado, porém decidido.

Mateus, capítulo 16; Marcos, capítulo 8; Lucas, capítulo 9

Jesus revela-se na glória do Senhor

Uma semana havia se passado desde que Jesus revelara aos discípulos que Ele era o Messias e os informara dos problemas que estavam por vir. Ele pediu então a Pedro, Tiago e João que o acompanhassem a uma alta colina, lugar mais tranquilo para orarem afastados de todos.

Os quatro mergulharam em suas preces, sem notar qualquer outra coisa ao seu redor. De repente, algo fez com que Pedro, Tiago e João parassem de orar e olhassem para Jesus. O espanto foi imenso ao verem o amigo ajoelhado, completamente paralisado em sua oração. Seu corpo parecia calmo e sem vida, semelhante a uma estátua, era como se seu espírito tivesse saído. O rosto de Jesus brilhava intensamente e as roupas resplandeciam de tão brancas, Ele estava completamente envolto pelo esplendor da glória do Senhor. Os outros três protegiam os olhos com as mãos, olhos que doíam só de observar Jesus. E reconheceram duas outras reluzentes figuras que haviam surgido, os dois grandes profetas Moisés e Elias, que falaram com Jesus sobre o que Ele

enfrentaria quando estivesse em Jerusalém, inclusive a própria morte.

Repentinamente, uma nuvem negra surgiu sobre suas cabeças e uma poderosa voz disse:

– Este é o meu Filho, o escolhido. Ouçam-no.

Os discípulos ficaram aterrorizados, mas, ao olharem novamente, tudo se normalizara.

– Não digam a ninguém o que viram – Jesus ordenou – até que eu tenha morrido e retornado da morte.

Mateus, capítulo 17; Marcos, capítulo 9; Lucas, capítulo 9

O primeiro Domingo de Ramos

Faltava uma semana para a grande festa da Páscoa. Judeus de terras distantes iam para Jerusalém para as comemorações, que duravam alguns dias. Alguns homens santos, como os fariseus e sumos sacerdotes, estavam à espera para ver se Jesus se atreveria a entrar na cidade. Planejavam prendê-lo e executá-lo já havia algum tempo, pois responsabilizavam o pregador pela agitação e pelos desvios do povo. Os líderes judeus, imaginando que Jesus iria entrar discretamente na cidade misturando-se à multidão, espalharam espiões por todas as partes numa tentativa de localizá-lo.

No entanto, os planos de Jesus eram outros: sua chegada seria notada. Quando Ele e os discípulos haviam avançado em seu caminho e se aproximavam do Monte das Oliveiras, Jesus pediu para dois de seus amigos irem à vila de Betfagé encontrar um jumento para Ele montar.

– Vocês encontrarão um jumento preso a uma porta – Jesus disse a eles. – Desamarrem e tragam-no para mim. Se alguém contestar, apenas expliquem que preciso dele e ninguém os impedirá.

O jumento foi encontrado exatamente como Jesus descreveu. Quando os donos souberam quem precisava do animal, resolveram eles próprios levá-lo e até colocaram seus mantos no lombo da montaria para que a sela ficasse mais confortável. O pequeno animal nunca havia sido montado, mas permaneceu calmo mesmo com Jesus sobre ele.

Jesus deu uns tapinhas de agradecimento no jumento e iniciou seu caminho rumo a Jerusalém. Quando o viam, as pessoas se punham a dançar, cantar e aplaudir de tanta alegria! Os profetas de tempos remotos haviam dito que o Messias chegaria a Jerusalém sobre um jumento. Naquele momento, o povo percebeu que era a primeira vez que Jesus assumia sua condição de ser o esperado Salvador.

– Hosana! – gritavam, forrando com seus mantos e ramos de palmeira o caminho pelo qual Jesus e o jumento passariam. – Bendito seja aquele que vem em nome do Senhor! Hosana nas alturas!

As pessoas se aglomeravam e lotavam as ruas para saudar Jesus no percurso até Jerusalém.

– Isso é revoltante! – gritaram os furiosos fariseus para Jesus. – Você está fazendo todas essas pessoas acreditarem que você é o Messias!

– Mesmo se elas se calarem – Ele respondeu –, as pedras clamarão para me saudar.

Mateus, capítulo 21; Marcos, capítulo 11; Lucas, capítulo 19; João, capítulos 11, 12

Jesus e os comerciantes do templo

Assim como todo bom judeu, no dia da Páscoa, Jesus foi orar no templo. Ele esperava ver o pátio lotado de devotos em profunda oração, movimentando-se em silêncio para não atrapalhar os demais. Em vez disso, Jesus ficou horrorizado ao

encontrar aquele lugar tão sagrado sendo usado como um mercado.

Por todos os lados, havia feirantes vendendo pombas e outros animais para sacrifício. Os vendedores gritavam para atrair clientes. As pessoas negociavam, tentando conseguir preços menores, as pombas piavam e os cordeiros baliam. Entre as tendas havia cambistas que pechinchavam com os fiéis a troca de dinheiro estrangeiro pelas moedas judias. Eles cobravam preços exorbitantes, deixando os compradores sem alternativa, já que na Páscoa todos deveriam oferecer um sacrifício e fazer uma doação em dinheiro para o templo. Os comerciantes também estavam usando o pátio e os corredores do templo como passagem de um lado a outro de Jerusalém.

Quanto mais Jesus permanecia no meio do tumulto, mais furioso ficava. De repente, começou a derrubar as mesas e tendas dos comerciantes, arrebentar as gaiolas das pombas e soltar as amarras dos animais.

– Esta é a casa do Senhor e vocês a transformaram em um covil de ladrões! – gritava Ele enquanto limpava o templo de todos os que não eram genuinamente fiéis.

Não demorou muito para o templo ficar lotado novamente. Dessa vez, no entanto, com pessoas que entravam para ouvir a pregação de Jesus.

Mateus, capítulo 21; Lucas, capítulo 19

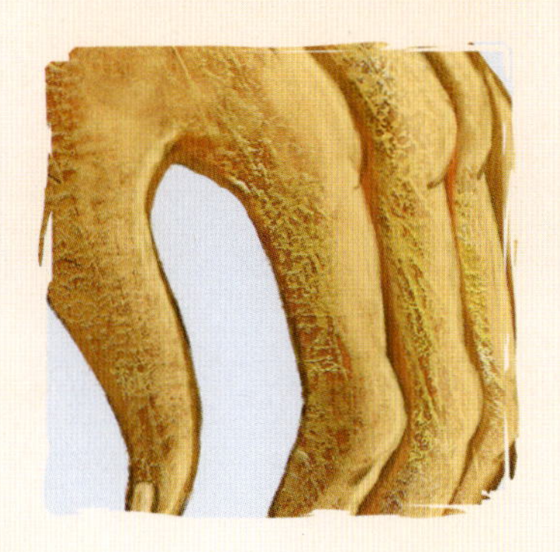

Jesus contra as autoridades

Todos os dias da semana da Páscoa, Jesus pregava no templo para uma imensa multidão e curava os doentes. Os líderes judeus estavam furiosos.

– Quem lhe deu o direito de dizer e fazer isso? – questionavam. – Ouça o que as pessoas dizem a seu respeito: elas acham que você é o Messias! Pedimos que você pare com isso.

Eles enviaram homens santos, fariseus e saduceus para que fizessem que Jesus, de alguma forma, infringisse as leis, assim Ele seria preso. Mas Jesus sempre proferia suas palavras e saía vitorioso.

– Os fariseus dizem que vocês devem seguir os ensinamentos de Moisés – Jesus disse um dia. – Eles estão certos, ouçam o que dizem. Porém, não façam o que eles fazem, pois eles não praticam o que dizem!

A multidão começou a discutir entre si – líderes judeus de um lado, Jesus e seus discípulos de outro. Jesus prosseguiu:

– Os homens santos fazem tudo para aparecer. Oram em público para que

todos os admirem. Usam vestes caras para ostentá-las diante da multidão. Sentam-se em frente à sinagoga e esperam ser chamados de "mestres". No entanto, digo que vocês têm apenas um mestre: seu Pai que está no Reino dos Céus. Diante dele, todos são iguais. Os que pensam ser melhores que os outros semearão o mal e os que ajudam o próximo semearão o bem.

Jesus criticou o comportamento dos mestres judeus em muitos outros aspectos, causando tumulto e fazendo as pessoas se questionarem se Ele estava certo ou errado.

– Olhem aquela mulher – Jesus tentou explicar, apontando para uma senhora baixinha e curvada, que usava vestes humildes e se aproximava de uma caixa de coleta do templo. Com as mãos trêmulas e enrugadas, ela depositou duas moedas de cobre e orou.

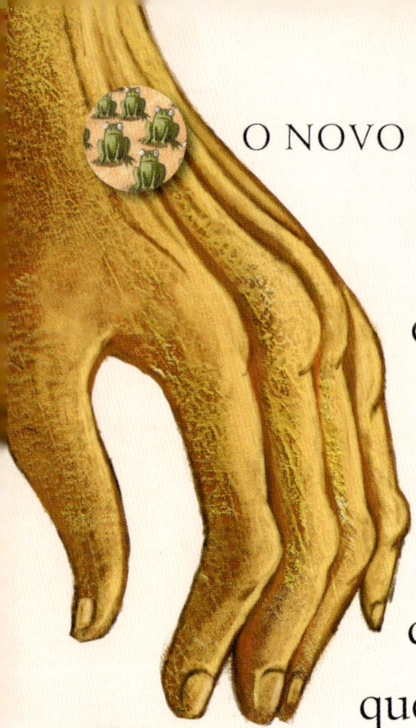

– Aquela senhora é melhor que todos os líderes judeus – Ele anunciou. – Enquanto eles dão o que lhes sobra, ficando com o restante para si, ela deu o pouco que tinha a Deus.

Os judeus estavam determinados a prender Jesus. Durante o dia, Ele andava cercado de pessoas no templo e todas as noites ia para Betânia, onde permanecia em segurança.

Mateus, capítulos 21, 23; Marcos, capítulo 12; Lucas, capítulos 19, 21

A última ceia

Os líderes judeus estavam extremamente frustrados por não conseguir se livrar de Jesus. Certa noite, fizeram uma reunião de emergência na casa de Caifás, o sumo sacerdote. Eles discutiam o que iriam fazer, quando bateram à porta.

O servo anunciou a presença do mais inesperado convidado. Era Judas Iscariotes, um dos doze apóstolos e amigos mais próximos de Jesus.

– Estou aqui porque posso dar-lhes o que querem: Jesus de Nazaré. Quanto Ele vale para vocês? – disse ele, com um olhar frio.

Os oficiais judeus não sabiam o que havia feito Judas se tornar um traidor, mas isso pouco importava. Eles não acreditaram em tamanha sorte. Discutiram por alguns instantes e anunciaram:

– Trinta moedas de prata.

Sem dizer uma palavra, Judas estendeu a mão e Caifás deu-lhe as moedas. Dali em diante, Judas ficou ao lado de Jesus apenas aguardando o momento para traí-lo.

Misteriosamente, Jesus sabia de tudo. Com dor no coração, Ele organizou uma última ceia com seus discípulos, a ceia da Páscoa. Preparou uma sala em segredo, para que os judeus não soubessem onde Ele estava, e contou aos seus doze apóstolos apenas no último minuto.

Os discípulos se reuniram, todos com um semblante muito sério. Em seguida, Jesus lhes disse que, em dois dias, seria capturado e morto por seus inimigos. Como tudo o que Ele dizia era verdade, os apóstolos ficaram muito preocupados.

Enquanto se sentavam à mesa, Jesus enrolou uma toalha em volta da cintura e encheu uma tigela com água. Os discípulos ficaram chocados quando perceberam que Jesus lavaria a sujeira de seus pés, trabalho geralmente feito pelo mais humilde servo. Pedro, o mais chocado, tentou detê-lo, ajoelhando-se diante dele, mas Jesus insistiu.

– Estou dando a vocês um exemplo – Jesus disse. – Sempre coloquem os outros à frente de vocês mesmos.

Chegou a hora do jantar. Jesus pegou um pedaço de pão e pediu que Deus o abençoasse.

– Este é o meu corpo – disse com grande tristeza –, que será entregue por vocês.

Ele partiu o pão e o distribuiu entre seus discípulos. Depois, Jesus pegou um cálice de vinho e pediu a bênção de Deus.

– Este é o meu sangue – anunciou solenemente –, o sinal de uma nova promessa de Deus. Meu sangue será derramado e todos serão perdoados por seus pecados.

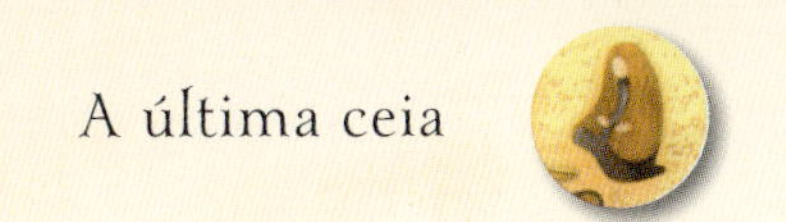

Cada um dos discípulos pegou o cálice e bebeu do vinho. Jesus fez um gesto para que todos pudessem se servir à mesa. Em seguida, Ele deu um longo suspiro.

– Sei que um de vocês irá me trair – disse em voz baixa. Gritos de protesto vieram de

todos os cantos da mesa, mas Jesus se recusou a dar maiores explicações. Depois que os discípulos, relutantes, voltaram a comer, Pedro murmurou a João, que estava sentado próximo a Jesus:

– Pergunte a qual de nós Ele se refere.

João inclinou-se e falou ao ouvido de Jesus, que sussurrou:

– Àquele a quem eu der este pedaço de pão.

João disse a Pedro e eles observaram Jesus partindo o pão e o oferecendo a Judas Iscariotes.

– Faça o que tem de fazer – disse Jesus ao amigo desleal –, mas faça-o logo.

E, sem dizer uma palavra, Judas levantou-se da mesa e saiu da sala.

Mateus, capítulo 26; Marcos, capítulo 14; Lucas, capítulo 22; João, capítulo 13

O Jardim de Getsêmani

Após partilhar sua última ceia com os discípulos, Jesus sentou e olhou para cada um deles.

– Darei um novo mandamento – Ele disse. – Amem-se uns aos outros como eu amei vocês. Ao fazer isso, todos saberão que são meus seguidores.

– Senhor, fala como se estivesse nos deixando – protestou Pedro.

– Sim – disse gentilmente Jesus. – Estou partindo e, aonde eu vou, vocês não poderão me acompanhar. Ao menos por um tempo.

– Por que não posso acompanhá-lo agora? – Pedro chorou. – Estou disposto a morrer por você!

Jesus deu um sorriso triste.

– Você é realmente meu amigo? – Ele perguntou. – Quando a noite se for e o galo cantar duas vezes, você negará três vezes que me conhece.

– Nunca – disse Pedro, sufocado em tristeza. – Nunca.

Todos os discípulos concordaram energicamente.

– Não fiquem tristes – Jesus tentava

confortá-los. – Vou preparar um lugar para todos vocês na casa de meu Pai. Retornarei por alguns momentos, antes de partir novamente, para o bem de todos. Mesmo que não consigam mais me ver, estarei vivo em seus corações. Quando chegar o momento certo, vocês também partirão e nos reencontraremos. Até lá, façam o que fiz esta noite como forma de se lembrarem de mim. Fiquem em paz e felizes, pois estarei com meu Pai.

Jesus olhava para os rostos tristes de seus amigos.

– Agora venham. Vamos ao Monte das Oliveiras. Gostaria de orar um pouco no Jardim de Getsêmani.

Enquanto caminhavam sob a luz da lua, Ele dava outras instruções aos discípulos.

Jesus sabia que tinha pouco tempo para conversar com eles. Quando finalmente chegaram ao Jardim de Getsêmani, Jesus percebeu que seus amigos estavam exaustos.

– Descansem aqui enquanto oro – disse a eles. Porém, virou-se para Pedro, Tiago e João e disse: – Sei que estão cansados, mas vocês poderiam me acompanhar?

Os três ficaram muito felizes por poder acompanhar Jesus. Eles nunca o haviam visto tão tenso e perturbado.

– Sinto como se meu coração fosse partir. – Jesus deu um longo suspiro após uma curta caminhada. – Vocês ficam aqui enquanto oro?

Pedro, Tiago e João observaram Jesus se ajoelhar e apoiar a cabeça entre as mãos.

– Pai! – Ele chorava silenciosamente.

Jesus pedia para que, se possível, não precisasse encarar o sofrimento que sabia que viria pela frente.

Após algum tempo, Jesus se virou para os três discípulos, mas viu que eles haviam adormecido.

Então, orou novamente.

Sentiu todos os pecados do mundo pesando sobre seus ombros e entendeu que algo horrível iria acontecer. Mais uma vez, Jesus virou-se para seus amigos, mas eles continuavam dormindo.

Jesus orou novamente, aceitando de bom grado o sofrimento pelo qual teria de passar, para que, um dia, todos pudessem reencontrá-lo.

Jesus finalmente terminou sua oração. Pedro, Tiago e João permaneciam dormindo. Porém, naquele momento, Judas Iscariotes chegou acompanhado de muitos guardas. Os discípulos acordaram assustados, ao som das espadas dos guardas e sob a luz da chama de suas tochas.

– Mestre – Judas disse calmamente, cumprimentando Jesus com um beijo, como de costume.

Àquele sinal, os guardas capturaram Jesus. Após breve comoção e pânico, os discípulos correram, em meio à escuridão, para salvar suas vidas.

Mateus, capítulo 26; Marcos, capítulo 14, Lucas, capítulo 22;
João, capítulos 13, 14, 18

Pedro nega a Jesus

Naquela noite, cercado por soldados armados, Jesus marchava em direção à cidade de Jerusalém. Atrás deles, cambaleando entre as sombras, caminhava Pedro, que não perdia de vista seus amigos em nenhum momento. Ele os seguiu até a casa do sumo sacerdote, Caifás. Os guardas conduziram Jesus até o pátio principal. Porém, quando os portões se abriram, Jesus foi arrastado para dentro e os portões se fecharam em seguida. Pedro não poderia mais ir a lugar nenhum.

Como Pedro se sentiu desamparado! Ele carregava consigo uma espada desde o Jardim de Getsêmani, onde, descontrolado, cortara a orelha de um dos guardas. Jesus ordenou-lhe que parasse, dizendo que agir com violência era errado. Jesus tocou a orelha do soldado, que foi logo curada.

Agora, Pedro não podia fazer nada, a não ser esperar e ver o que ia acontecer. De cabeça baixa, ele alcançou um pequeno grupo de servos que estava em volta de uma fogueira. Sentou-se em silêncio, tentando não chamar a atenção, pensando nas coisas terríveis pelas quais Jesus estaria passando.

– Eu conheço você – surgiu uma voz. Pedro ignorou-a, mas ela surgiu novamente. – Você é amigo do prisioneiro, Jesus da Galileia – disse uma serva que apontava para ele.

– Não, não sou eu – Pedro disse com o coração acelerado. – Você deve ter me confundido com outra pessoa.

– Sim, é você. Eu também o vi ao lado dele – disse outra mulher. E todos olhavam para Pedro, cochichando uns com os outros.

– Eu não o conheço, já disse – insistiu Pedro. Sua voz soou mais alta do que ele gostaria.

– Você deve ser um seguidor de Jesus de Nazaré – acusou um homem bem ao seu lado.

– Além do mais, você tem o mesmo sotaque que Ele.

– Já disse, não conheço ninguém com esse nome! – Pedro gritou e se afastou.

Assim que Pedro o fez, começou a amanhecer e o canto do galo pairou no ar. Uma vez... duas vezes.

A cabeça de Pedro rodava enquanto ele parecia ouvir outra vez as palavras de Jesus: "Quando a noite se for e o galo cantar duas vezes, você negará três vezes que me conhece".

Envergonhado, perdido e assustado, Pedro fugiu, aos prantos.

Mateus, capítulo 26; Marcos, capítulo 14; Lucas, capítulo 22; João, capítulo 18

O julgamento de Jesus

Dentro da mansão de Caifás, Jesus era interrogado por Anás, ex-sumo sacerdote. O que Ele pensava a respeito das antigas sagradas escrituras? Que milagres Ele dizia ter realizado? Quem Ele pensava que fosse?

Jesus recusou-se a responder às perguntas e foi conduzido a uma sala repleta de oficiais judeus.

Eles pagaram testemunhas para mentir e acusar Jesus de infringir as leis do povo judeu, porém as histórias não coincidiam uma com a outra!

Caifás finalmente sussurrou:

– Ordeno que diga, sob juramento solene, se você acha que é o Filho de Deus.

– Sou – disse Jesus, encantado. – E, um dia, vocês verão o Filho do homem sentado ao lado direito do Pai que está no céu.

– Blasfêmia! – bramiu Caifás, com um brilho de satisfação nos olhos. Mentir perante Deus era considerado crime de blasfêmia e a pena contra quem o cometia era a morte.

Triunfantes, os representantes judeus

vendaram os olhos de Jesus. Eles bateram nele e o chutaram, gritando:

– Profetize para nós agora, Messias. Adivinhe quem bateu em você!

Ao amanhecer, levaram Jesus ao governador romano, Pôncio Pilatos. Somente ele poderia aprovar a execução.

A notícia se espalhou pela cidade e uma enorme multidão se formou.

Pilatos fez mais algumas perguntas. Você é de fato um rei? Conspirou contra o exército romano? Está planejando uma rebelião?

Pilatos, porém, não conseguia entender o que Jesus fizera de errado. Ele ordenou que Jesus também fosse interrogado por Herodes, governante da Galileia, que, naquela época, ficava em Jerusalém. Herodes, entretanto, também não considerara Jesus culpado.

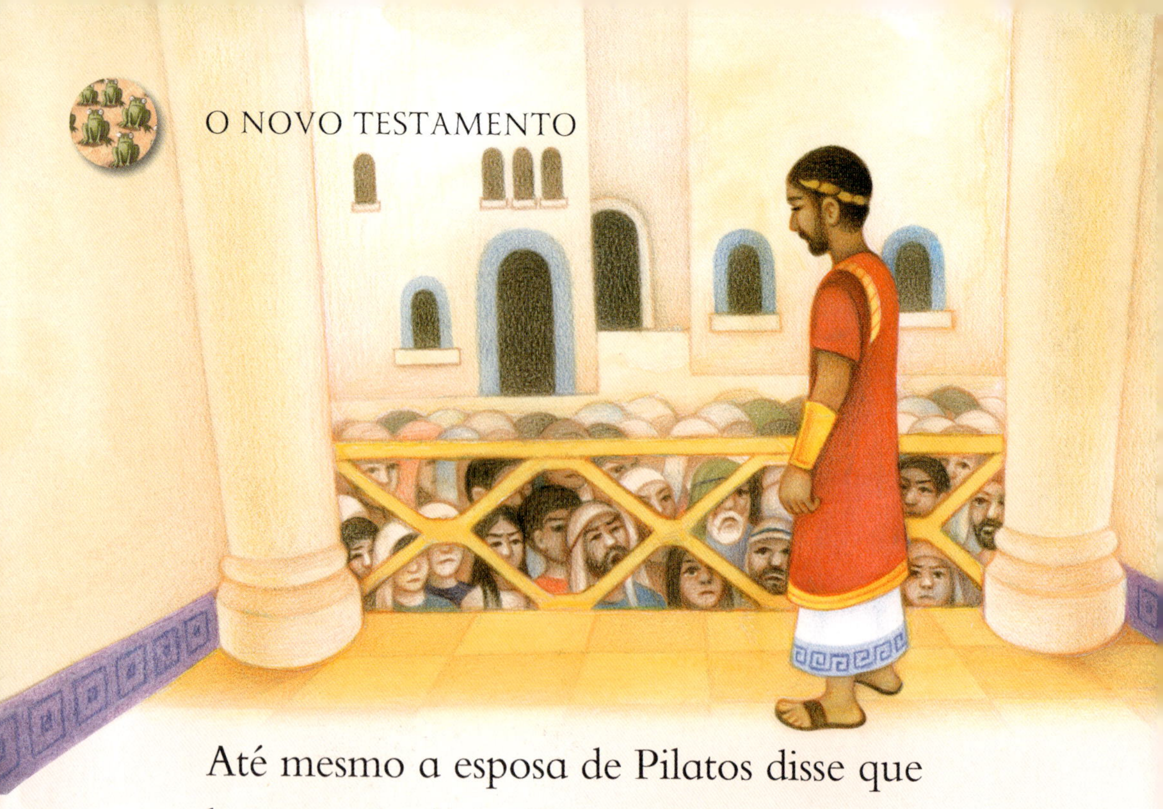

Até mesmo a esposa de Pilatos disse que havia sonhado que Jesus de Nazaré era inocente de todas as acusações.

– Não façam nada a Ele – aconselhou ela ao marido.

Pilatos tomou sua decisão. Diante da sacada de onde anunciava suas decisões, disse à multidão que aguardava ansiosa:

– Este homem não fez nada que merecesse a morte. Ele deve ser apenas chicoteado e libertado.

Jesus foi arrastado para receber a punição.

Enquanto isso, oficiais judeus se misturaram à multidão e convenceram as pessoas de que Jesus era culpado por blasfêmia. Quando Pilatos retornou à sacada, ouviu a multidão gritando:

– Mate-o! Mate Jesus de Nazaré!

O governador romano estava profundamente perturbado, mas não sabia o motivo. De repente, teve uma ideia. Pilatos lembrou-se de que era Páscoa e havia um costume segundo o qual o governador libertava um prisioneiro escolhido pela população. Em uma das celas, havia um assassino chamado Barrabás. Pilatos tinha certeza de que o povo preferiria libertar Jesus àquele assassino violento.

– A quem devo perdoar: Barrabás ou Jesus de Nazaré? – Pilatos perguntou à multidão.

Ele não acreditou quando o povo bradou:

– Barrabás!

Pilatos então ordenou que trouxessem Jesus mais uma vez e Ele foi chicoteado até o sangue escorrer em suas costas. Os guardas o nomearam Rei dos Judeus, pressionaram sobre sua testa uma coroa de espinhos e o fizeram carregar uma pesada cruz nos ombros.

Pilatos vira o suficiente. Ele pediu água e toalha e lavou suas mãos diante de todos.

– Lavo minhas mãos diante do sangue derramado deste homem – anunciou.

Então, Barrabás foi libertado e Jesus foi detido para ser crucificado.

Mateus, capítulos 26, 27; Marcos, capítulos 14, 15; Lucas, capítulos 22, 23; João, capítulos 18, 19

A crucificação

Jesus caminhou acorrentado, foi interrogado ferozmente durante horas, apanhou dos oficiais judeus e foi chicoteado brutalmente pelos guardas de Pilatos, mas resistiu. A coroa de espinhos continuava presa à sua cabeça, fazendo correr sangue pelo seu rosto cheio de dor.

Dois soldados romanos colocaram sobre os ombros de Jesus uma enorme e maciça

cruz de madeira, tão
pesada que quase caiu.
Jesus cambaleou pelas
ruas de Jerusalém em
direção aos montes do outro
lado da cidade, onde Ele e outros
dois criminosos seriam executados.

Milhares de pessoas estavam enfileiradas, assistindo à procissão. Jesus caminhava com dificuldade. Às vezes, caía na areia, exaurido. Os guardas, furiosos, pegaram um homem forte da multidão chamado Simão, de Cirene, e ordenaram que ele carregasse a cruz.

A multidão proferia insultos e cuspia em Jesus, à medida que Ele se aproximava. Jesus também observava o rosto triste de seus amigos. Muitas mulheres choravam.

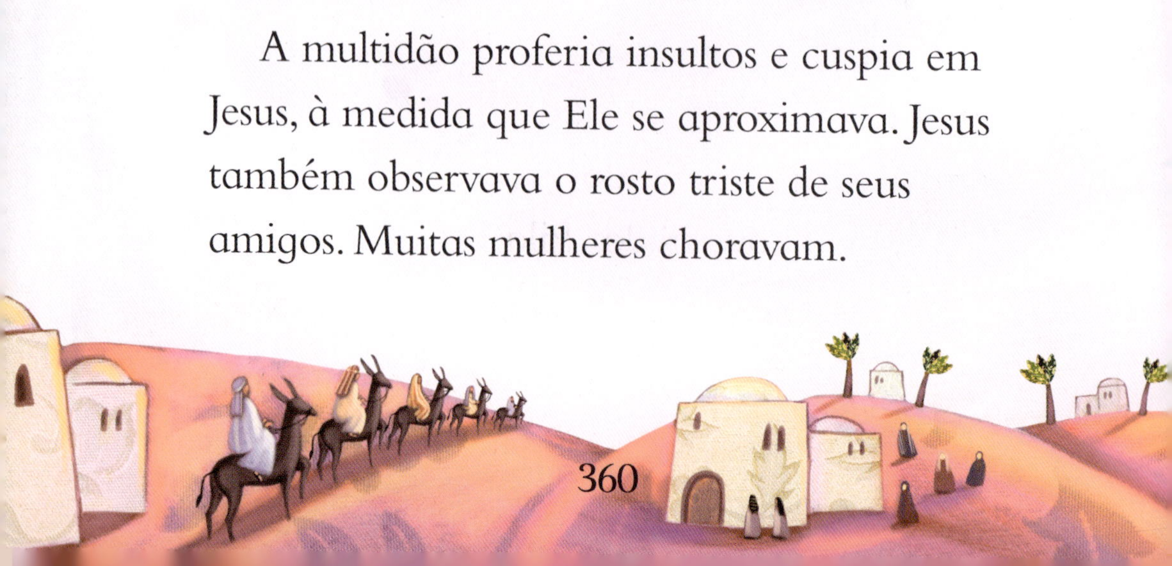

– Não chorem por mim, mas por vocês, por seus filhos e pela destruição que está por vir.

Finalmente, chegaram ao local da execução, chamado Gólgota, que significa "lugar onde ficam os crânios". Um soldado fez Jesus ajoelhar-se diante da multidão e longas unhas arranhavam seu rosto e seus pés.

– Pai, perdoe-os, eles não sabem o que fazem – Jesus lamentou. Uma placa fora colocada acima de sua cabeça, que dizia: "Jesus de Nazaré, Rei dos Judeus" em três línguas.

– Essa placa não deveria dizer isso – alguns oficiais contestaram –, e sim: "Este homem diz ser o Rei dos Judeus".

Porém, o governador Pilatos disparou:

– Ordenei que fosse escrito assim e assim ficará!

Os oficiais riram enquanto a cruz de Jesus era erguida.

– Você não é o Filho de Deus? Então, salve-se!

Enquanto os dois outros criminosos também eram erguidos ao lado de Jesus, um deles zombou:

– Salve-se a si mesmo e salve-nos também!

– Como ousa? – o segundo ladrão protestou. – Nós merecemos isso, mas Jesus é inocente. Senhor, lembre-se de mim quando chegar ao seu reino.

– Prometo – sussurrou Jesus – que hoje estará comigo no paraíso.

Embora fosse meio-dia, a escuridão tomou conta daquelas terras. Aos pés da

cruz, estava a mãe de Jesus, de coração partido, e seus amigos mais próximos, incluindo João, Maria Madalena e Salomé.

– Mãe, tome conta de João como se ele fosse seu filho – murmurou Jesus. – João, cuide de minha mãe como se ela fosse sua.

Jesus agonizou na cruz por três longas horas. Então, Ele ergueu sua cabeça e chorou.

– Meu Deus! Por que me abandonou?

Alguém ergueu uma vara com uma esponja na ponta, mergulhada em vinho, para que Jesus pudesse bebê-lo. Jesus, mais uma vez, chorou.

– Pai, entrego meu espírito em suas mãos. Está tudo acabado.

E sua cabeça tombou.

Naquele exato momento, a terra tremeu e rochas se abriram. Alguns diziam que as cortinas do templo rasgaram-se de uma ponta à outra. Outros diziam que viram túmulos se abrindo e espíritos elevados ao céu.

Um oficial romano que estava ao pé da cruz olhou e suspirou.

– Este homem era realmente o filho de Deus.

Mateus, capítulo 27; Marcos, capítulo 15; Lucas, capítulo 23; João, capítulo 19

O primeiro Domingo de Páscoa

Após a noite em que Jesus foi morto, um judeu muito rico chamado José de Arimateia implorou a Pôncio Pilatos que o deixasse enterrar o corpo de Jesus. Pilatos concordou. Então José e Nicodemos, voltaram ao Gólgota, onde mulheres ainda choravam diante de sua cruz.

Com muito cuidado, tiraram o corpo inerte e ensanguentado de Jesus. Embrulharam-no em um lençol de linho e, acompanhados pelas mulheres que soluçavam, levaram-no ao cemitério mais próximo. Lá, os dois homens deitaram Jesus em uma tumba pequena, semelhante a uma caverna, pela qual José já havia pagado, e fecharam-na com uma pedra pesada. Cheios de tristeza, vendo que não havia mais nada a fazer, eles partiram.

Enquanto isso, alguns oficiais judeus foram ver Pilatos.

– Jesus de Nazaré disse que ressuscitará depois de três dias – disseram ao governador romano. – Soldados devem ficar diante de sua tumba, para evitar que alguém roube seu corpo e diga a todos que Ele ressuscitou milagrosamente.

Pilatos consentiu e pediu para que os homens partissem.

Os guardas de Pilatos permaneceram diante da tumba de Jesus durante toda aquela sexta-feira santa, mas nada aconteceu. Continuaram ali no dia seguinte e, novamente, ninguém se aproximou. Porém, ao amanhecer do terceiro dia, após o Sabá, a terra tremeu tão violentamente que derrubou todos os soldados. Uma luz branca surgiu do céu e iluminou a tumba. Em meio ao brilho, os soldados, assustados, observaram que a figura de um homem rolava a pedra que fechava a entrada da tumba. Os soldados, apavorados com o que viam, fugiram.

Não muito tempo depois, um grupo de tristes mulheres aproximou-se do cemitério para prestar suas homenagens diante da tumba. Entre elas, estavam Maria Madalena, Maria, a mãe de Tiago e João, Salomé e Joana. Quando viram que os soldados haviam desaparecido e a pedra tinha sido retirada, todas gritaram, desesperadas.

– Alguém deve ter roubado o corpo de Jesus!

Dentro da tumba, onde o corpo de Jesus deveria estar, dois homens de trajes brilhantes estavam sentados.

– Por que estão procurando o vivo entre os mortos? – disseram os homens. – Não se

lembram de que o filho de Deus disse que ressuscitaria ao terceiro dia?

Maria Madalena correu em busca dos discípulos Pedro e João. Quando ambos viram a tumba vazia, ficaram furiosos e correram em busca de quem havia roubado o corpo. Do outro lado da tumba, Maria estava em prantos. De repente, ela sentiu a presença de alguém ao seu lado. Maria virou-se e, entre lágrimas, viu a figura embaçada de alguém que acreditava ser o jardineiro do cemitério.

– Por que está chorando? – perguntou o homem.

– Você trocou o corpo de lugar? – ela quis saber. – Por favor, diga-me onde Ele está.

O homem disse apenas uma palavra: "Maria".

O coração de Maria ficou paralisado. De repente, ela reconheceu aquele homem: era Jesus!

– Agora vá – Jesus disse calmamente, enquanto Maria caía diante de seus pés, olhando-o maravilhada. – Encontre os discípulos e diga a eles que, em breve, retornarei à casa de meu Pai.

Enquanto isso, outra mulher que tinha visto a tumba vazia corria para casa, quando, de repente, o homem apareceu diante dela.

– Bom dia – disse Ele.

A mulher ficou maravilhada e não conseguia acreditar no que via e ouvia.

– Não tenha medo. Vá e diga aos discípulos para irem à Galileia, onde eu os encontrarei.

Mateus, capítulos 27, 28; Marcos, capítulo 16; Lucas, capítulos 23, 24; João, capítulos 19, 20

Jesus e a dúvida de Tomé

No fim da manhã do terceiro dia depois da morte de Jesus, Maria Madalena invadiu a sala onde os discípulos estavam reunidos.

– Eu vi Jesus! – ela gritou, narrando tudo o que tinha acontecido no túmulo.

Porém, por mais que os discípulos quisessem acreditar nela, não conseguiam.

Enquanto isso, dois deles estavam indo para o povoado de Emaús, no caminho de Jerusalém. Caminhavam tristonhos quando encontraram um estranho e começaram a conversar. Para espanto dos discípulos, o homem não sabia nada sobre o que todos comentavam: a morte de Jesus e o desaparecimento de seu corpo. Mas ele sabia muito sobre os antigos escritos sagrados e começou a explicá-los.

– Vocês sabem que os profetas disseram que o Messias teria de sofrer para conquistar a glória?

Juntos, os discípulos partilharam uma refeição com o estranho, que abençoou o pão, dividiu-o em pedaços e ofereceu a eles.

Nesse momento eles perceberam quem era realmente aquele homem.

– Jesus! – balbuciaram.

E Jesus desapareceu.

Os discípulos se apressaram em voltar à cidade para contar aos demais. E descobriram que Jesus tinha aparecido para Pedro também!

Todos falavam ao mesmo tempo, emocionados, pedindo que contassem as histórias outra vez. Ninguém notou um homem chegando da névoa.

– Que a paz esteja com vocês – disse Jesus aos homens, que o olharam espantados, como se Ele fosse um fantasma. – Não tenham medo. Sou eu. Vejam as feridas nas minhas mãos e nos meus pés.

Só um discípulo estava ausente: Tomé.

Quando seus amigos contaram o que havia acontecido, ele não acreditou.

Oito dias depois, todos estavam reunidos para conversar e orar. No meio da reunião, Jesus reapareceu.

– Veja por você mesmo, Tomé – Ele falou. – Venha tocar minhas feridas. Tenha fé, é verdade.

– Meu Senhor, é você mesmo! – exclamou Tomé.

– Abençoado seja por acreditar – acrescentou Jesus, gentilmente. – Mais abençoados ainda aqueles que não me viram e, ainda assim, creem!

Mateus, capítulo 28; Marcos, capítulo 16; Lucas, capítulo 24; João, capítulo 20

O estranho na praia

Uma noite, alguns discípulos se reuniram no mar da Galileia. Pedro queria sair com o barco, como costumava fazer quando era pescador. Pouco depois, ele e os amigos, incluindo Tiago, João, Tomé e Natanael, velejavam em alto-mar sob o céu estrelado. Sentiam-se livres e em paz, um alívio bem-vindo, depois dos terríveis eventos das últimas semanas na cidade.

Todas as noites, os discípulos esperavam as redes se encher de peixes, mas, quando amanhecia, elas permaneciam vazias.

Então, uma voz flutuou sobre as ondas.

– Pegaram alguma coisa?

Espreitando a distância, os discípulos viram a silhueta de um homem na praia.

– Não, nada! – gritaram de volta.

– Tentem jogar a rede do lado direito do barco – disse a voz.

Os discípulos acharam que valia a pena tentar. Então, perceberam que as redes estavam tão cheias que mal conseguiam levantá-las.

Pedro, Tiago e João se olharam e lembraram de uma vez em que exatamente o mesmo milagre tinha acontecido.

– É Jesus! – exclamaram.

Pedro mal podia esperar para recolher a pesca e retornar à praia, por isso mergulhou na água e nadou para ser o primeiro a encontrar Jesus.

Logo depois, ele e os outros amigos estavam na praia, com Jesus, reunidos em torno de uma fogueira. Assaram peixes para a refeição e foi como nos velhos tempos.

João, capítulo 21

Jesus retorna aos céus

Era hora, finalmente, de Jesus deixar o mundo de vez. Reuniu os discípulos e caminhou até o Monte das Oliveiras, que ficava perto de Jerusalém.

– Fiquem na cidade por algum tempo – Jesus disse a seus onze amigos. – Vocês já

foram batizados uma vez, com água, por João Batista.

Mas logo vocês serão batizados de novo, desta vez pelo Espírito Santo. Deus vai lhes dar dons poderosos e quero que os usem para sair pelo mundo afora e falar às pessoas de todos os lugares sobre mim. Batizem todos os que acreditarem em mim como meus seguidores, em nome do Pai, do Filho e do Espírito Santo. Ensinem a eles tudo o que Eu ensinei a vocês.

Jesus olhou para o rosto preocupado de seus amigos.

– Não se esqueçam – disse brandamente. – Estarei com vocês até o fim dos tempos.

E assim Jesus ascendeu aos céus, subindo cada vez mais até desaparecer em uma nuvem resplandecente de glória.

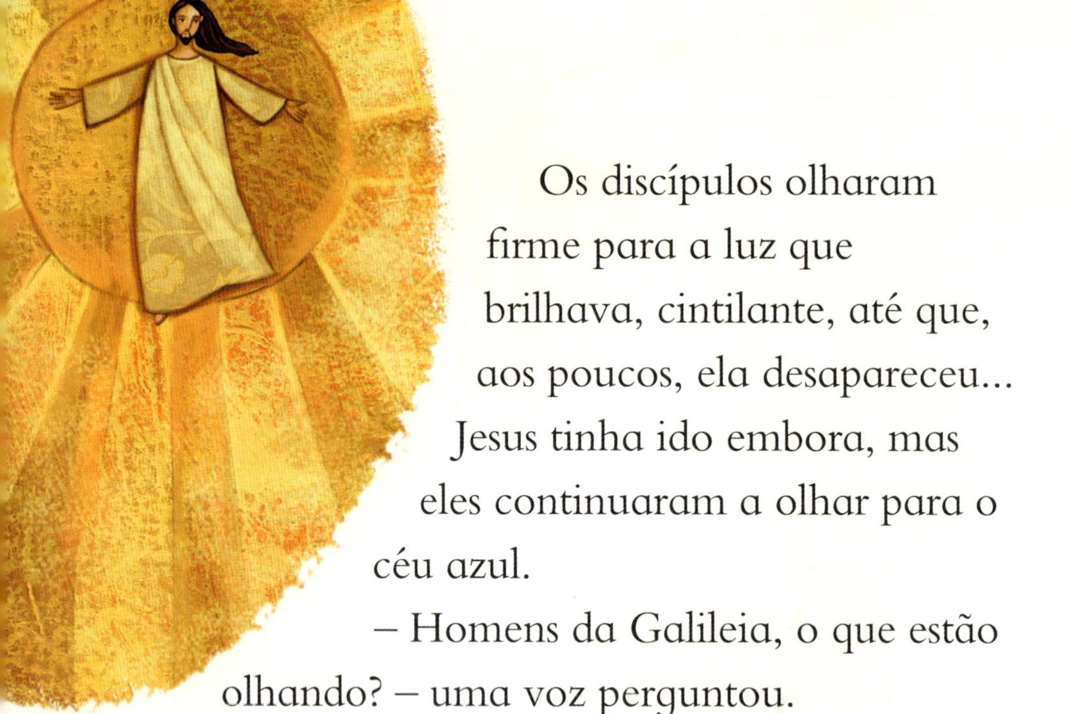

Os discípulos olharam firme para a luz que brilhava, cintilante, até que, aos poucos, ela desapareceu... Jesus tinha ido embora, mas eles continuaram a olhar para o céu azul.

– Homens da Galileia, o que estão olhando? – uma voz perguntou.

Os discípulos voltaram-se e viram dois homens em trajes reluzentes perto deles.

– Jesus se foi, mas um dia Ele retornará.

Maravilhados porém tristes, os discípulos se consolaram e voltaram para Jerusalém. Sabiam que não veriam Jesus tão cedo, mas tinham certeza de que um dia Ele retornaria em sua glória.

Mateus, capítulo 28; Marcos, capítulo 16; Lucas, capítulo 24; Atos, capítulo 1

A vinda do Espírito Santo

Os discípulos estavam em Jerusalém esperando pelo Espírito Santo para batizá-los, como Jesus havia dito.

Enquanto isso, decidiram preencher o lugar de Judas Iscariotes, o traidor, com um novo discípulo. Assim, eles seriam doze outra vez, como Jesus quisera no princípio.

Oraram ardentemente e então realizaram uma votação.

Finalmente Matias foi escolhido. E eles ficaram conhecidos como os doze apóstolos. A espera continuava.

Cinquenta dias depois da Páscoa e da morte de Jesus era a festa de Pentecostes, quando os judeus celebram o momento em que Deus entregou suas leis a Moisés.

Os apóstolos estavam reunidos na festa, quando, de repente, um som poderoso como o vento zunindo entrou em seus ouvidos e os envolveu. Os apóstolos se sentiram vivos e cheios de energia e, olhando-se admirados, notaram que cada um tinha uma pequena chama pairando sobre a cabeça.

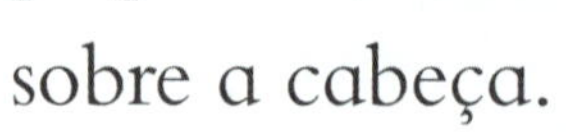

– Deve ser o Espírito Santo! – gritaram, e perceberam que estavam falando em diferentes idiomas.

Sabendo que tinham sido abençoados com o dom especial que Jesus mencionara, os apóstolos correram para a rua. Alguns davam graças a Deus em grego. Outros falavam sobre Ele em latim. Os demais louvavam o Espírito Santo em árabe e em muitas outras línguas.

Muitos adoradores estrangeiros, que estavam em Jerusalém para o Pentecostes, se espantaram.

– Esses homens vieram da Galileia! – disseram, maravilhados. – Como conseguem falar as nossas línguas?

Outras pessoas, porém, apenas achavam que os apóstolos estavam bêbados.

Então, Pedro começou a pregar e todos os ouvintes foram arrebatados por sua paixão.

– Não estamos bêbados – ele riu. – Somos seguidores de Jesus de Nazaré. Ele voltou dos mortos, vimos com os nossos próprios olhos. Hoje fomos abençoados pelo Espírito Santo com o dom das línguas. Quem se arrepender de seus pecados e seguir seus ensinamentos será abençoado também. Querem unir-se a nós?

Naquele dia, os apóstolos batizaram mais de três mil pessoas como seguidores de Jesus. E, assim, foi fundada a igreja cristã.

Atos, capítulos 1, 2